DOMAINE FRANÇAIS

LAISSE LES HOMMES PLEURER

DU MÊME AUTEUR

UNE MANIÈRE NOIRE (récit), Verdier, 1986.
L'ÉTREINTE, LE TEMPS (poèmes), Comp'Act, 1988.
SALOMÉ, LES YEUX TUS (avec des gravures de Paul Hickin), Comp'Act, 1989.
L'ARBRE DE JONAS, tapuscrit Théâtre Ouvert, 1989.
CROISEMENTS, DIVAGATIONS suivi de *CHORÉGRAPHIE A BLANC*, Actes Sud-Papiers, 1993.
PAROLES ÉCHAPPÉES DU CHŒUR, Paroles d'aube, 1995.
TONKIN-ALGER suivi de *MAISON DU PEUPLE*, Actes Sud-Papiers, 1995.
VIA NEGATIVA (comédie), Actes Sud-Papiers, 1996.
LES PETITES HEURES suivi d'*EAUX DORMANTES*, Actes Sud-Papiers, 1996.
NEFS ET NAUFRAGES (sotie), tapuscrit Théâtre Ouvert, 1996.
"De si peu se souvenir", in *LYON, VILLE ÉCRITE*, Stock, 1997.
LA PETITE HISTOIRE, L'Ecole des loisirs (collection théâtre), 1997.
"Le coup de pied de l'ange", *LA POLYGRAPHE* n° 2, Comp'Act, 1998.
COMME UN QUI PARLE TOUT SEUL, Paroles d'aube, 1998.
FILONS VERS LES ÎLES MARQUISES (opérette), Actes Sud-Papiers, 1999.
MEURTRES HORS CHAMP, Actes Sud-Papiers, 1999.
POCHADE MILLÉNARISTE, Actes Sud-Papiers, 2000.
TÊTES FARÇUES, L'Ecole des loisirs (collection théâtre), 2000.
DIVERTISSEMENT BOURGEOIS, Actes Sud-Papiers, 2001.
SALE TEMPS POUR LES VIVANTS (roman), Flammarion, 2001.
NI UNE NI DEUX suivi de *LES IRRUPTÉS DU RÉEL*, Actes Sud-Papiers, 2002.
LE PLANCHER DES VACHES, Actes Sud-Papiers, 2003.
DE PLUS EN PLUS DE GENS DEVIENNENT GAUCHERS (nouvelles), Actes Sud, 2004.
HIER, C'EST MON ANNIVERSAIRE, Actes Sud-Papiers, 2005.
MAIS OÙ EST DONC MAC GUFFIN ?, L'Ecole des loisirs, 2005.
L'ENFANT SANS NOM, Actes Sud-Papiers, 2006.
LA NUIT DES FEUX, Actes Sud-Papiers, 2008.

ISBN 978-2-7427-7690-0

EUGÈNE DURIF

Laisse les hommes pleurer

roman

ACTES SUD

à Jacques Surcq

1

Un jour, je ne pouvais plus. Peut-être que c'était là depuis longtemps et que je ne m'en étais pas rendu compte. Enchaîné aux circonstances, aux événements, à la suite des jours, et voilà qu'on se retrouve un matin à ne plus savoir quoi faire, à ne plus pouvoir continuer. Vingt-cinq années avaient passé, la succession des jours les uns après les autres. Et un jour je ne pouvais plus. Quand ou comment ça a commencé, je ne sais pas si c'est le plus important. J'étais devenu vulnérable, moi qui avais réussi à ne pas être touché. Tout devenait possible, même le pire. Je suis sorti de la cellule de Selim, la succession des couloirs, que je connaissais si bien, à une éraflure dans le mur près, et je me suis dit, avec une détermination qui m'a étonné moi-même, que je ne reviendrais plus ici, que c'était la dernière fois. Je ne pouvais plus, ou quelque chose en moi ne pouvait plus.

Si vous êtes malade, c'est que vous ne pouvez plus supporter les faux-semblants et le mensonge et c'est plutôt sain, il faut le voir comme ça. Le psy avait l'air sûr de ce qu'il avançait. Ça lui arrive de parler. Quand je vais chez lui, je reste de longs moments à ne plus pouvoir ouvrir la bouche. Plus d'une fois, j'ai failli pleurer. Si on m'avait dit qu'un jour les larmes me viendraient aussi facilement aux yeux, je n'y aurais pas cru. Il faudrait que je note tout ce qui m'échappe, tout ce que je n'arrive pas à dire quand je suis chez le psy. Souvent, ça me vient après, très clairement, dans ma tête, je lui parle, je lui explique. Je voudrais lui crier parfois. Je pourrais peut-être lui lire, ce serait plus facile.

Aujourd'hui, soleil maigrelet. Je marche sur les graviers crissants. Je me suis surpris à parler tout seul. Des mots adressés à tous et à personne, des mots qui n'ont jamais eu le temps de venir, autrement, à la bouche. Je fais les gestes du matin. Il faudrait que je nettoie le bassin aux eaux croupies avant que les touristes arrivent. Des déplacements précis. C'est mieux. Je remets en place des rondes et des déplacements. L'ancien métier me revient mine de rien.

Aujourd'hui, les genêts éclatent de jaune. Hors saison, c'est vrai qu'il n'y a pas grand monde ici. Un couple autour de la trentaine dans la petite maison du fond. Ils sont discrets. Et une femme seule. Assez rare que quelqu'un vienne seul ici. Plutôt jeune. Elle m'a souri, hier, quand je suis passé près d'elle. Je me suis senti très fatigué et vieux. Bruit de moteur sur la route. Ce doit être un tracteur. Rare qu'une voiture passe à cette heure. Je n'ai pas su quoi lui dire. J'ai toujours eu du mal à mettre des mots les uns derrière les autres. Elle avait l'air gentille. Avec les médicaments, ça ne s'est pas arrangé : un trou qui prend les mots, les aspire au-dedans et moi je reste en plan, immobile, à essayer de faire en sorte qu'ils ne me quittent pas tous, me laissant là tout seul au bord, et le trou qui gagne les mots eux-mêmes au-dedans. Entre eux, entre les phrases, plus rien qui tienne. Les jambes qui partent et la pensée avec. Plus d'une fois, j'ai failli arrêter de prendre tous ces cachets. Le médecin m'a expliqué que ce serait de la folie. Pas comme ça, d'un coup. Jolie, la femme.

Elle faisait des photos. Un gros appareil. Les oiseaux probablement, ou les fleurs, la mer. Elle était assise devant le pavillon des Ormeaux.

Le relais de Bretagne n'est qu'une étape. Avec Hélène, on a le projet de prendre un commerce. Pourquoi passerait-elle sa vie à faire le ménage pour les autres ? Et moi, maintenant, quitte à bricoler, autant que ce soit pour quelque chose qui ait un sens. Qui nous appartienne un peu. On lit des brochures à ce sujet en ce moment. Des annonces que passent des mairies. Des villages où il n'y a plus trop grand-chose. On serait tous les deux et au calme. Une autre vie. Là, ce n'est qu'une étape… Ils auraient eu ma peau à la prison. Il fallait qu'on reparte de zéro. Vingt-cinq ans sans même y penser. Un jour après l'autre. J'avais préféré ça à l'usine ou à la pêche. La sécurité de l'emploi. C'était la fonction publique, pas un métier pire qu'un autre après tout. Quand j'étais revenu de l'armée, ça s'était fait, et au début j'avais plutôt aimé ça. Beaucoup de sport, il faut faire des choses à côté, tout le monde là-bas le disait, c'est le secret. Pour ne pas être pris par les murs, les couloirs et les portes. De nombreux collègues remuaient de la fonte. Moi, je courais vingt kilomètres par jour. Jusqu'à ce jour où je ne pouvais plus. Quelque chose de cassé. Si j'avais pu comprendre comment et pourquoi. Un homme, ce n'est pas fait d'une seule pâte. Je me croyais fort, et ça tout à coup, et le directeur dans son bureau qui revenait à la charge, vous êtes trop proche, beaucoup trop proche des détenus, méfiez-vous ! Une prime supprimée, la mutation aux transferts. C'était un avertissement, seulement un avertissement. Sauf que je trouvais ça profondément injuste : je ne voyais pas où était le mal… Ils ne le disaient pas, mais je savais bien que ce qui m'était reproché, c'était l'histoire de Selim.

Il était somalien. Il s'était retrouvé là uniquement parce qu'il n'avait pas de papiers, on ne savait pas quoi en faire. On a essayé de faire venir le traducteur, il a expliqué que ce type était dans la confusion, qu'il ne comprenait pas ce qu'il voulait dire, d'ailleurs, il s'exprimait dans un dialecte bizarre. Le médecin pensait que sa place était dans son village ou bien à l'HP, il se demandait pourquoi on le gardait là plutôt que de l'envoyer en centre de rétention, et puis finalement on l'a un peu oublié. Il se faisait oublier, il était calme.

C'est vrai que je me suis pris au jeu, il ne faut jamais se mêler des histoires de détenus, jamais avoir une relation avec eux qui soit personnelle, c'était la règle, on m'avait prévenu dès le début. Là-bas, il suffisait de peu, des yeux qui se baissent, et quelque chose de terrible se passe qui ne se dit pas, qui ne sera jamais dit. Pour un regard qui se dérobe un instant, j'en ai connu dont la vie a plongé dans le cauchemar. Lui, ce n'était pas la même chose, je voulais l'aider, je ne voulais pas le voir pourrir comme d'autres. On voyait bien que sa place n'était pas là, et je ne regrette rien. Cela a été quelque chose en moi, comme un sursaut, je ne pouvais plus continuer. Ça s'est passé malgré moi. Cela devait arriver.

Chaque jour passe comme si j'étais encore là-bas, un double de moi-même continue à marcher dans les couloirs, les odeurs me reviennent, des odeurs comme on n'en sent jamais ailleurs. Un mélange de cuisine, de désinfectant pour essayer de couvrir ce qui ne peut s'empêcher de puer. Et le bruit des chariots et des gamelles. Samedi, jour de parloir, pas un jour comme les autres. Même aujourd'hui où je n'ai plus rien à voir avec tout ça, je me réveille en me disant : C'est samedi. Le jour du parloir, quand je voyais les familles arriver, je pensais : Celui-là a payé pour les autres. Sur leurs têtes, dans les gestes, dans ce qu'ils n'exprimaient pas, c'était inscrit, c'était écrit. Les familles qui attendent et qu'on finit par connaître. Les femmes et les mômes et celles qu'on appelait les “batmans”, qui ne voulaient pas enlever ce qu'elles avaient sur la tête, et on ne cédait pas, elles devaient pouvoir être identifiées, c'était ça ou elles n'entraient pas. Souvent elles préféraient repartir.

J'aime bien entrer dans les églises et prier. Je ne pratique pas, mais c'est autre chose. Celle-là, sur le chemin des dunes, toujours fermée, je ne l'ai jamais vue ouverte.

C'est avec Selim que ça a commencé à ne plus aller : il restait des jours entiers à pleurer, il aurait voulu écrire à sa famille, il me le faisait comprendre par signes et, un jour, je lui ai donné du papier, mais ce n'était pas une faute… Après, ils ont trouvé que j'étais trop proche, que ce n'était pas à faire, une prime supprimée et une mutation. Le début de la dégringolade du dedans. Et Sammy, le souvenir de Sammy est revenu, tous ces instants avec lui si présents que je pensais les avoir vécus peu de temps auparavant et même, parfois, que j'étais en train de les vivre. Comment est-ce que j'avais pu oublier, mettre entre parenthèses ?

Si tu commences à te mettre à leur place, tu es foutu, ça c'est sûr, Jacques, un surveillant, un ami, était un peu inquiet pour moi, remets-toi donc à faire du sport et pense le moins possible au boulot, dès que tu es sorti d'ici, il faut que tu te fixes sur autre chose, sinon tu es foutu. Je n'y arrivais plus, à penser à autre chose. Avec Hélène, ça ne cessait de s'en aller. Elle pleurait des heures à la maison, je sortais, j'allais marcher ou boire un coup.

Sur le chemin, une vipère est sortie d'entre les rochers. Pas loin, une autre était restée écrasée sur la route pendant des mois et son corps avait collé, s'était confondu avec le goudron.

Et Sammy qui n'en finissait pas de revenir, les moments avec lui, comme si c'était là, maintenant, et qu'on était encore tout près l'un de l'autre, dans cette grange où le vent s'engouffrait ou bien dans les champs à étaler le fumier. Toute cette période de ma vie, je n'y avais plus pensé pendant vingt ans, s'il n'y avait pas eu cette photo que je gardais de nous deux, j'aurais peut-être même oublié à quoi on ressemblait tous les deux.

J'allais marcher tous les jours, quand j'ai arrêté de travailler à la prison. J'avais un chemin sur la plage, je foulais aux pieds les algues arrachées. Tous ces couloirs dans mes pas, j'aurais voulu les effacer.

Même trajet tous les matins.

Sur le chemin des dunes, des blockhaus si bien bâtis qu'on n'arrive pas à les démolir.

La petite tourelle. Effondrée. Avec le temps, les dunes remontent. J'aimais quand il y avait le vent de foehn, ce vent d'ouest qui pousse l'eau vers la terre, signe de grand beau.

Tout ce que j'avais muré qui me revenait, à moi le fissuré de partout. Je ne me reconnaissais pas, les larmes qui me venaient aux yeux pour rien, un bouvreuil qui s'était posé tout près de moi et ne m'avait pas entendu approcher, si près que j'aurais pu le prendre dans ma main, et je suis resté à le regarder longtemps après qu'il s'est envolé.

Le relais de Bretagne, c'est du provisoire qui commence à durer. Une petite place centrale, et tout autour des pavillons. C'est une activité de complément. Ce qu'il y a de positif, c'est de pouvoir travailler ensemble. Hors saison, vraiment pas grand monde.

Soleil maigrelet. Je marche sur les graviers crissants. Bruit de moteur sur la route. Ce doit être un tracteur. Rare qu'une voiture passe à cette heure.

Sans Hélène, je ne sais pas si j'aurais pu sortir de tout ça. Le psy voulait nous voir ensemble. Elle aussi, elle avait ses médicaments. Au petit-déjeuner, on prenait tous les deux nos cachets. Les petites pilules pour empêcher de faire défiler encore dans sa tête les mêmes éternelles ruminations.

Longtemps qu'on ne se touchait plus, ou alors parfois en se serrant l'un contre l'autre, très vite, un geste qui nous venait et qui n'allait pas plus loin. J'avais envie d'elle, parfois, mais ce n'était jamais le bon moment. Je me suis souvent senti ridicule avec les gestes qu'il fallait faire, cet attirail de gestes à côté. J'aurais préféré que cela aille vite. Je l'aime cette femme, j'aime dormir contre elle et lui parler à l'oreille la nuit, rire de tout et de rien. Pour ce qui est du sexe lui-même, j'ai du mal à faire autre chose que le strict minimum conjugal. Et encore… Le psy a essayé de nous lancer plus d'une fois là-dessus. Ni elle ni moi n'avions trop envie d'en parler…

Sammy, je l'avais quasiment oublié. Il était là-bas, encore là-bas, dans un temps que j'avais mis de côté. Je n'y pensais plus jamais. A se demander si cela avait un jour existé, ce temps-là. Maintenant, je n'arrêtais plus de penser à lui. Il y a un rapport avec le Somalien, a dit le psy. Il était noir, Sammy, c'est bien ça ? Oui, pas vraiment, un peu tout de même. Café au lait, disait le père Landry, le fermier chez qui on nous avait placés.

Hélène, elle aussi, avait ses idées fixes. Chacun à ressasser dans son coin. Et parfois cela se croisait. Le père de ses enfants, parti, il avait disparu, vraiment disparu, elle n'avait plus entendu parler de lui. Des idées fixes, on en avait tous les deux, mais ce n'était pas les mêmes. On essayait de parler, en se rendant bien compte que nous étions, l'un et l'autre, enfermés dans nos obsessions et que nous avions de plus en plus de mal à être ensemble. Même si nous faisions des efforts, même si nous faisions de notre mieux. Ne serait-ce que pour arriver à continuer à mettre un jour devant l'autre et à se dire qu'il y aurait un après, à essayer de se l'imaginer. Il fallait que je parte, le retrouver. C'était une idée qui devenait de plus en plus précise. Presque une décision. Je me suis mis à y penser sans arrêt, avec les images qui me revenaient, tellement présentes que c'était comme si j'étais collé à elles, que je ne pouvais plus m'en éloigner. Il faut que je parte pendant quelque temps, j'ai annoncé à Hélène. J'ai peur que tu t'en ailles pour de bon et que tu trouves un prétexte par peur de me dire la vérité, me répondit cette obsédée de l'abandon. Et là-dessus elle se mit à pleurer. Finalement, elle m'assura qu'il valait mieux ne pas aller contre ce qui vous paraît le mieux. Le psy, lui, avait trouvé que c'était une bonne idée. On ne peut rien construire si on ne retourne pas voir en arrière.

Jusqu'à maintenant, j'avais voulu plutôt oublier, l'enfance, tout ça, une sale période, enfouir tout ça.

Parfois, je m'étais imaginé partant à la recherche de ceux qui m'avaient abandonné, et puis je m'étais dit qu'il devait y avoir des raisons et, ces raisons, je n'avais pas envie de trop les connaître…

Ne plus jamais y penser, c'est ce que j'aurais préféré. Les oublier une bonne fois pour toutes. Et aussi Sammy et la petite Célimène. Me contenter de ce qui nous revient dans les rêves, contre cela, on ne peut rien. Les fantômes ont la peau dure, mais avec de l'application on peut vivre sans qu'ils nous fassent trop mal. J'y étais parvenu pendant un bon bout de temps. Là, ça ne marchait plus. Il fallait que j'aille les voir d'un peu plus près, les fantômes.

On ne se l'était jamais dit, mais avec Sammy on savait bien que, s'il n'en restait qu'un, on serait celui-là.

Le genre de choses que l'on ne peut oublier. Si la vie s'était chargée de nous séparer, il demeurait comme un appel de l'autre, quelque chose qui ne pourrait jamais nous séparer complètement.

C'est sûr, j'avais besoin de le retrouver.

J'ai eu peur qu'il ne soit plus de ce monde après tout ce temps.

C'était devenu une évidence : il fallait que je parte, sans plus attendre, à sa recherche.

2

Je suis ce qu'on appelle un enfant de la Population française. Le terme qu'on employait à l'époque. On disait aussi un "populart". Un pupille de l'Etat (à ne pas confondre, et on me l'avait rappelé plus d'une fois, avec un pupille de la nation qui, lui, a mérité de la patrie). Je me suis longtemps demandé si j'étais orphelin. Peut-être que cela aurait été mieux. Avec les morts, on peut toujours s'inventer de belles histoires. On peut toujours broder.

Par le jeu de nouvelles dispositions, on pouvait savoir de qui, d'où on venait... Un jour, j'ai su. Je ne sais pas si c'était important ou pas. J'ai voulu savoir en tout cas. Cette femme, ma mère, vivait toujours. Elle était dans une institution. On m'a demandé si je voulais la rencontrer. J'ai hésité. J'ai refusé. Je crois que je n'aurais pas eu grand-chose à lui dire. J'appris, alors, que mon père était mort depuis longtemps. Dans un hôpital, où il avait passé la fin de sa vie. Plus d'une fois, j'avais imaginé la rencontre avec elle, avec lui, avec les deux. Je leur demandais des explications, ils restaient fuyants, faisaient comme s'ils ne comprenaient pas ce que je leur disais. Elle se mettait à pleurer, se plaignait que je veuille, encore une fois, lui faire du mal. J'avais déformé son ventre à ma naissance. Et maintenant j'étais là, à lui demander des explications. Cela ne finirait donc jamais. Voilà qu'il revenait, l'oublié d'on ne sait où, lui demander des comptes. Et moi, j'aurais été face à elle. Je l'aurais appelée comment au fait ? Je n'aurais pas pu lui dire maman tout de même. Madame, je l'aurais appelée madame. Elle m'aurait, tout à coup, parlé comme on aime le faire dans certains livres. Vous êtes un enfant de l'amour. J'étais à peine formée que je dus affronter ça. A l'époque, ce n'était pas facile de se débarrasser du fruit de nos entrailles qui n'était point désiré. Je n'aurais trouvé aucun mot à lui dire. J'avais refusé de la rencontrer, parce que j'avais trop souvent pensé à ce moment-là et à tout ce que j'aurais pu lui dire. A toute la haine que je lui aurais balancée à la gueule. Froidement. En gardant bien mon calme. Avec des phrases et une voix bien posée. Est-ce que vous avez tiré pour m'arracher de ce ventre où vous ne vouliez pas que je demeure ? Suis-je resté recroquevillé contre vous, un peu dégoûtant de ce sang qui était le nôtre à tous les deux ?

Y a-t-il eu de votre part un geste qui aurait pu ressembler à de l'amour ou à quelque chose d'approchant ? Elle aurait regardé ailleurs. Mal à l'aise. Allez, laisse tomber ! De toute façon, à l'heure qu'il est, sans doute est-elle morte ! Non, on m'aurait tout de même prévenu ! Quand vous m'avez pris dans vos bras, est-ce que quelque chose au ventre vous a saisie, un petit regret de cet être qui allait vous être arraché ? Ou n'était-ce qu'une chose bruyante et braillante qui gisait près de vous, et dont vous attendiez qu'on vous débarrasse au plus vite, incapable que vous étiez d'effleurer de votre main son petit corps vagissant ? Allez, laisse tomber !

Tu ne saurais pas quoi lui dire, et toi, qui l'avais imaginée toujours jeune et belle, tu la regarderais en te disant simplement que le rouleau compresseur de la vie lui était passé dessus, drôlement passé dessus, en beauté, et que c'était sans doute beaucoup mieux que tout se soit déroulé comme ça. Il n'y avait rien à regretter, et pas de quoi se plaindre. Elle avait peut-être même oublié, évacué mon existence et ma naissance. Mon prénom m'a été donné par les infirmières, le nom, lui, je ne sais pas d'où il vient.

J'eus le temps d'avoir quatre enfants avant que leur mère ne me quitte. Quand mon second fils naquit par une spectaculaire nuit d'orage, sur fond de terribles éclairs, son frère aîné m'expliqua qu'ils étaient jumeaux, que lui était sorti plusieurs années auparavant et que son frère s'était contenté de rester tout ce temps dans le ventre de sa mère parce que c'était plus doux et chaud. Il m'annonça que maintenant j'avais deux fils, lui pouvait mourir, j'en aurais toujours un. Je le serrai longtemps dans mes bras en lui disant que rien ni personne ne pourrait jamais le remplacer. Je repensai à la phrase du Christ sur la croix : Père, pourquoi m'as-tu abandonné ? Et me dis que c'était la plus belle chose qui m'ait été donnée dans l'existence. Les fils plus tard peuvent cracher au visage de leur père, mais il reste toujours quelque chose du souvenir de ce visage un jour penché sur eux, fixant ces têtes sortant sanglantes du sexe, dans les cris, les pleurs et les hurlements, sur fond d'éclairs de grands orages d'été. Et dans mes bras, à chaque fois, ce petit corps vagissant, encore couvert de placenta, le cordon tout juste coupé. Je compris, ce jour-là, que la naissance d'un enfant nous faisait entendre le bruit des pelletées de terre qu'on jette sur notre tête, et que cela pouvait nous rendre inexplicablement heureux dans cet instant où l'on serre contre soi ce minuscule corps enfantin.

Après m'avoir quitté, elle a demandé leur garde. Je les ai à peine vus grandir. Je les prenais les week-ends et les vacances. C'était mieux que rien.

Les chats ne font pas des chiens, je me répétais souvent cela, et j'aurais voulu être tout le temps près d'eux, mais ce n'était jamais comme je l'avais rêvé ou pensé. Je les sentais me fuir, je les sentais ailleurs. Après quelques jours, l'été, parfois, ils étaient plus proches. Mais ça ne durait pas. Plus d'une fois, j'ai eu envie de les prendre avec moi, de partir loin, de me cacher et de les garder serrés contre moi. De ne plus bouger, caché quelque part. Je préférerais qu'ils meurent plutôt que de te les laisser, m'avait dit un jour leur mère. Ça devenait comme une obsession à cette période. Je me voyais décider un matin d'aller les chercher à l'école. J'expliquais aux directrices, une histoire de famille. On va partir tous les cinq.

Jeanne a sa main dans la mienne, Mathieu serre le doudou décati que je lui ai apporté. Jérémie a pris un très gros cartable et sa GameBoy. Pierrot me sourit de sa bouche fraîchement édentée.

On va partir tous ensemble. On va partir loin. Très loin. Elle, on l'oubliera.

Ça ne s'est jamais fait. Je n'ai jamais retrouvé les moments où ils étaient vraiment avec moi. Il fallait à chaque fois que je cherche les clés pour entrer dans leur monde, être à nouveau un peu près d'eux, et ça ne durait pas. Et elle, toujours avec des menaces d'avocat, de juge, ses récriminations à propos de l'argent, les histoires qu'elle faisait sous le moindre prétexte. Je n'arrive pas à me débarrasser du souvenir de ces moments où ils s'en allaient à la fin du week-end. Un trou s'ouvrait que je n'arrivais pas à refermer, un trou fait de rires et du son de leurs voix, de petits bouts d'histoires que l'on n'a pas eu le temps de terminer car déjà celui qui écoutait, bouche bée, a glissé dans le sommeil.

On est allés au McDo, ils ont joué tous les deux dans la piscine à billes. Ils ne voulaient plus partir.

Sur la place, un manège tournait, on s'est arrêtés, ils ont fait des tours, sérieux, sur les voitures et les hélicoptères qui s'envolent très haut. Le plus petit ne regardait jamais vers moi, ignorait mes cris et mes appels, il fixait obstinément le moyeu clignotant de lumières. On est repartis. Il s'était mis à pleuvoir. Ça ressemblait à un dimanche après-midi, où l'on tue le temps main dans la main, avant de se quitter devant la porte de cet appartement où j'ai vécu si longtemps.

Me voilà comme un con tout seul dans ma chambre. Un vêtement oublié tout près du lit. Et le petit camion qui peut se transformer en robot abandonné là. Je ne trouve jamais les mots pour dire les choses qui me touchent vraiment. Cela a toujours été comme ça. Arrête donc, tu vois pas que tu es ridicule, là, quand tu te laisses aller. Un jour, le petit, que j'accompagnais à l'école, s'est enfui en courant, après m'avoir dit "papa, je t'aime", comme furtivement. Ça m'est resté.

Parfois, dans ces parcs et squares où nous étions si souvent, j'avais la douleur de l'enfance rien qu'à les regarder, et je sentais que ce que j'avais à rattraper était trop dur, que je n'y arriverais jamais. Je me disais qu'il ne fallait pas que je me laisse aller à de telles pensées.

La première fois que je vis Hélène, elle m'émut par ce qu'il y avait en elle de timidité et de maladresse, ce sourire qui n'osait pas s'affirmer, et les rides minuscules autour des yeux. J'eus envie de la prendre dans mes bras, de la serrer fort contre moi. Ce que je finis par faire après l'avoir invitée à boire un verre, puis, quelques jours plus tard, au restaurant. Cela s'était passé en la raccompagnant chez elle. J'étais intimidé moi aussi. A un moment, je la frôlai, elle me sourit, le reste vint assez naturellement.

Avec elle, j'avais le sentiment d'être avec quelqu'un qui ne cherchait pas à me faire payer de vieilles dettes qui ne me concernaient pas. C'était la première fois.

3

Je suis arrivé chez les Landry, la nuit était déjà tombée. C'était la fin de l'automne.

Le père Landry était venu me chercher à Guéret. Il n'a pas eu l'air content quand on m'a fait entrer dans la pièce où il attendait. Il ne fait pas trop solide, celui-là, mais bon, enfin, faut bien que ça fasse l'affaire… Tout au long du chemin, dans sa camionnette, il a conduit sans dire un mot. Il devait avoir dans les cinquante ans, la casquette vissée sur la tête (je crois que je ne l'ai jamais vu sans…), et une sorte de mégot pendouillant aux lèvres qu'il rallumait épisodiquement. Il ne m'a jamais vraiment adressé la parole. Je pense qu'il n'était pas fondamentalement méchant, simplement tellement attaché à la survie quotidienne qu'on avait du mal à sentir ce qu'il pouvait y avoir d'encore humain en lui. En cherchant bien, ça devait exister… On va bientôt arriver, il a prévenu, quand on a traversé un village, c'est Les Monédiers, c'est à deux kilomètres.

Il m'a montré un endroit aménagé dans la grange, une chambre avec un matelas. Tu n'as pas d'allumettes au moins ? Attention au feu, ça risque avec tout le foin à côté. C'est là que je dors ? Oui, on verra après, pour le moment, tu t'installes là. J'avais avalé un peu de pain, de saucisson et de soupe, sur la table de la cuisine, repas servi par la mère Landry, une petite femme sèche et silencieuse. Les deux fils et la fille m'avaient regardé avec curiosité, sans un bonjour ni un mot.

Le matin, très tôt, le père Landry m'a réveillé, allez viens, crois pas qu'ici tu vas traîner au lit. Ici, le travail, ça ne manque pas, j'espère que je ne suis pas tombé sur un tire-au-cul. Sur ma paillasse, j'avais plutôt bien dormi, épuisé par le voyage. J'ai avalé un café brûlant, il m'a montré comment nourrir les bêtes et, après, on est partis vers les champs jusqu'au soir. Juste un peu de nettoyage, m'avait-il prévenu, histoire de souligner que, pour ce qui était du travail, du vrai, je n'avais encore rien vu. Au printemps, il y a les bêtes à pacager, c'est autre chose ! Le soir, en rentrant, je me suis effondré sur le matelas et endormi. Ça s'est répété tous les jours. Le dimanche, on prenait un peu de temps, l'après-midi, mais il en était malade qu'on reste là sans rien faire. C'est que de la bricole, il insistait au cas où je n'aurais pas bien compris, des petits travaux de nettoyage et d'entretien, le sérieux c'est quand on arrive vers le printemps.

On m'avait dit, au foyer, que j'irais à l'école. Un jour, je lui ai posé la question. Ses enfants à lui partaient tous les matins vers le village. L'école, l'école, il ne manque plus que ça. Pour ce que ça va te servir dans la vie ! J'ai insisté, mais pourquoi on m'a dit ça, au foyer, je sais déjà lire et écrire ? Oui, bien sûr, en théorie, c'est comme ça, mais tu es bien plus utile là où tu es, et puis, si tu sais déjà lire et écrire, c'est bien le principal. J'ai compris que ce n'était pas trop la peine d'insister.

Tu vas bientôt avoir de la compagnie, le vieux m'a dit ça, un jour, sans explication.

Le vent s'engouffrait dans le toit et sifflait avec une force incroyable, on était en plein dans l'hiver. C'est ce soir-là qu'est arrivé Sammy, un soir de vent et de neige. Le père Landry était parti le matin dans la camionnette. Ils sont descendus tous les deux de la voiture. Le gamin devait avoir dans les dix ans, il avait l'air terrorisé. Il regardait autour de lui, effrayé. J'ai pensé à un animal pris au piège qui frissonne de peur et de froid.

— Nous voilà arrivés, qu'est-ce que t'attends comme ça ?

Il est descendu de la voiture, est resté cloué sur place, à regarder autour de lui.

Je n'en avais jamais vu comme lui, avec la peau aussi foncée.

Les Landry sont sortis de la maison, et le fixaient comme une bête curieuse.

Il vient à peine d'arriver de la Réunion, il s'appelle Sammy, a présenté le vieux, vous allez dormir ensemble à la grange, tu lui feras une place, bon, on ne va pas traîner, c'est pas le travail qui manque.

On était tout près l'un de l'autre. Je le sentais trembler et grelotter, des bruits qu'il faisait en reniflant. Il m'a regardé en souriant drôlement.

— Viens, je vais te montrer où c'est.

Il avait l'air de ne pas tout à fait comprendre ce que je lui disais, il m'a posé une question, pourquoi fé frè ? C'était dans une langue bizarre, comme s'il chantait, je n'ai pas pu lui répondre. Allez, viens, on va dormir. Il m'a suivi dans la grange, ils avaient mis un autre matelas, à côté du mien, on s'est allongés dans le noir, fait froid, froid, il répétait ça, oui, on s'y fait, tu sais, tu viens de loin ? On a pris un avion, sa voix chantait, je m'y faisais peu à peu, j'arrivais presque à le comprendre, je n'aime pas comment c'est ici, il y a trop de froid, j'aimerais retourner chez nous. Moi, je me suis présenté, j'étais au foyer de Guéret avant de venir ici, ils m'ont placé là parce que je suis orphelin. Je n'avais ni père, ni mère, je suis de la Population française. Toi aussi, tu es orphelin ?

Il ne comprenait pas le mot.

— Tu as un père et une mère ?

— Non, mon père est parti faire sa vie ailleurs, ma mère elle est malade, mais oui, j'ai une mère, et je suis venu avec mon frère, Félix, c'est son nom, je croyais que j'allais rester avec lui mais, dès qu'on est arrivés à Clermont-Ferrand, on nous a séparés l'un de l'autre… J'aimerais bien le voir…

Dans le noir, j'ai entendu qu'il commençait à pleurer, je me suis senti mal, je n'aimais pas quand ça pleurait, moi, j'avais toujours eu l'habitude de ne rien laisser passer, de ne rien montrer aux autres. J'aurais voulu qu'un jour ma rage éclate, qu'elle éclate vraiment, mais pas dans les pleurs.

Deux ans auparavant, j'avais été placé chez une gardienne que j'appelais maman, elle était tellement fatiguée avec tous les enfants qu'elle avait élevés qu'elle était tombée brusquement malade. Un matin, on m'avait emmené de chez elle, à peine eu le temps de lui dire au revoir et, d'un coup, comme si plus rien n'avait existé. Je m'étais juré que je ne m'attacherais plus jamais à rien ni personne.

Ça ne sert à rien de pleurer, dors, il faut qu'on dorme. Ça fait des longues journées, tu vas voir un peu ça demain. Moi, je pensais que j'allais aller à l'école, ce qu'on m'avait dit au foyer de Guéret, mais le père Landry, je crois pas que ça lui dise trop, lui, il voudrait qu'on soit dans ses champs, et même la nuit, s'il pouvait nous faire travailler la nuit, il le ferait.

— C'est là que tu dors toutes les nuits ?

— Depuis que je suis arrivé…

— Il fait toujours aussi froid ici ?

— C'est l'hiver, et ici, l'hiver, ça n'a pas de fin. Il y a une autre couverture si tu veux.

— Il n'y a pas de lumière du tout ? On est toujours dans le fait-noir ?

— Il ne veut pas que j'aie d'allumettes, il a peur que je mette le feu.

— Tu aimes la musique la gueule ?

— C'est quoi ça ?

— Mon accordéon à bouche.

Dans l'obscurité, il avait sorti quelque chose de son sac et a commencé à jouer de l'harmonica. Ça m'a pris au ventre. J'aimais la musique, je me suis endormi en l'écoutant.

Au matin, les enfants Landry partaient à l'école, et nous deux, aux champs avec le vieux, assis sur le char à bancs. On s'est arrêtés devant plusieurs fermes. Les gens étaient déjà au courant pour Sammy, ils sortaient de chez eux, pour le regarder. Y a pas, il est noir, celui-là. Il y a encore plus noir, commentait le père Landry, en connaisseur, celui-là, comparé à d'autres du foyer de Guéret, il serait plutôt café au lait. Ils étaient rassemblés devant la ferme de chez les Panours, et ils ont commencé à rigoler.

Celui-là, ce ne serait pas trop de toute l'eau du ciel pour le faire déteindre… C'est pour l'hiver que tu nous as amené ton bonhomme de neige ?

— J'ai l'épouvantail aussi.

Ça c'était pour moi…

— Si tu en as une portée, tu nous en mets un de côté…

Le soir, on nous faisait manger dans un coin de la cuisine, patates et châtaignes, de temps en temps de la viande, à l'écart du repas familial. Depuis que j'étais arrivé, j'avais fait quelques tentatives en direction des gamins, j'avais essayé de leur parler, mais Louis et Jean m'évitaient, un peu comme si je n'existais pas, et la fille, Joséphine, me fuyait ostensiblement et me jetait des regards distants pleins de mépris. Ils regardaient Sammy avec curiosité, faisaient des commentaires à voix basse, riaient par moments.

Dès le premier jour, Sammy a eu du mal à travailler. Le père Landry était après lui toute la journée. Mais où as-tu la tête ? Fais donc ce que je t'ai montré. Même pas capable d'aller curer l'étable !

Je crois qu'il mettait la meilleure volonté du monde à ne pas vouloir comprendre ce que l'autre s'évertuait à lui expliquer. Du coup, le père Landry en arrivait presque à trouver que j'étais un bon élément, moi qu'il avait engueulé copieusement les jours précédents et traité de tous les noms.

Sammy riait tout seul, parlait à voix basse, se mettait tout à coup à chantonner, indifférent aux invectives du vieux. Le soir, il me parlait. A commencé à me raconter comment c'était là-bas d'où il venait. Avec des mots souvent que je ne comprenais pas, mais ça ne me gênait pas. J'écoutais, ça me faisait rêver, sa voix que j'entendais dans le noir, et tous les soirs j'étais bercé par sa voix, ses histoires, on était serrés l'un contre l'autre, à se tenir un peu chaud, moi, je ne disais pas grand-chose, jamais eu beaucoup d'imagination, je l'écoutais, je l'écoutais… Mets ta tête sous les draps, plus personne ne te verra…

Ce que j'aimerais, ce serait pouvoir voler, m'envoler dans le ciel pour un grand voyage. Si on était des oiseaux, ce serait facile.

Ne restez pas posés là à parler, immobiles comme des empaillés au salon… Oiseaux, êtes-vous prêts ? Nous partons pour un grand voyage ! Bouge un peu toi, essaye, au moins, essaye. Tu ne vas pas rester ici, les ailes toutes molles, à attendre que la nuit te descende dessus pour toujours ! Il n'y a donc personne pour partir avec moi ? Allez, viens, toi, Léonard, viens vite, frère oiseau, tu voles, frère oiseau, pigeon vole, chut ne parle pas, pour rester dans l'air il faut bien y penser, sinon on tombe d'un coup comme un caillou. Je me sens tomber. Remue tes lèvres, sans parler. Tu te sens voler, là, tu te sens ? Laisse-toi flotter, frérot ! On s'en moque des Landry, regarde, vue d'en haut, comment elle est petite leur maison. Et là les hirondelles sur les fils électriques qui nous font des signes et dansotent sur le bout de leurs pattes. Ceux qui frissonnent de froid, on leur construira des cabanes, et ils y dormiront tant qu'ils veulent. Un vilain corbeau menaçant, non mais pour qui tu te prends donc, toi ? On leur construira des petits nids douillets où dormir même debout ! De l'argile, de la paille, des brindilles. Voilà un nid où dormir, puis repartir…

Siffle, sifflote, frérot, siffle encore un peu, cela me donnera du courage, et cela t'en donnera à toi aussi, on en a besoin pour un si long voyage ! Regarde, je suis un paille-en-queue tout blanc avec une petite tache sous l'œil.

Si on s'arrêtait là ? On a les jambes lourdes, on a faim, on a soif. On ne peut que dormir. On se touche tous contre tous. On s'effondre les uns contre les autres. On plonge dans la terre. On creuse un trou pour y dormir. La nuit nous passe dessus. Les étoiles déjà. On essaie de dormir. On bat un peu des ailes pour s'assurer qu'on est bien vivants. Ne restons pas là, allez, viens, on repart.

C'est la mort, c'est le désert. Que des ruines et des herbes sauvages. Vous n'allez pas me laisser seul à essayer de voler. Je voudrais de la compagnie. C'est pas humain de laisser un oiseau voler dans un paysage pareil ! Il n'y en a pas un, pas un seul qui va se décider !

Je riais, je me moquais un peu de lui, tu en es bien un drôle d'oiseau, toi, mais je ne pouvais m'empêcher de rêver à ces grands voyages qu'on faisait tous les deux et on arrivait à la Réunion : Pas facile, ça farine drôlement, tu y vois quelque chose, toi ? Regarde là, c'est ma case, tu ne vois pas jouer les marmailles, moi je les entends qui crient, croque la canne, croque, il y en a tant que tu veux, là il y a ma mère, elle a l'air contente de me voir, c'est toi, petit Sammy, qu'est-ce que tu faisais pendant tout ce temps ? Je t'envoie faire les courses, et toi, tu reviens des mois après en oiseau, c'est pour me narguer que tu me fais ça, et ton frère où il est passé, ils m'avaient dit que vous m'écririez souvent, que vous alliez aller dans les écoles, et j'ai plus de nouvelles de vous. Là, lui, c'est Barnabé, mon chien, qui vient me rejoindre, me donne des petits coups de langue, je le prends contre moi, lui parle à l'oreille, il aime quand je lui parle, il aboie, tout joyeux, il me reconnaît, même si je suis un oiseau. Allez, on reste ici, on est bien là, pourquoi on retournerait se geler chez Landry ?

Dans la journée, c'était de plus en plus catastrophique, Sammy faisait comme s'il ne comprenait pas ce que lui disait le père Landry qui s'était lancé dans des besognes de nettoyage et d'élagage, alors que, dans les autres fermes, on semblait profiter de cette période pour faire tranquillement de petits travaux à la maison… Il parlait tout seul en direction du ciel, était pris de grands fous rires et s'arrêtait d'un coup, prostré. Le père Landry n'en pouvait plus des rythmes fantasques et des embardées de Sammy. Mais qu'est-ce que tu as dans la tête, toi, si j'avais su, je ne t'aurais jamais pris au foyer…

Noël est arrivé sans crier gare. Heureusement, nous ne croyions plus, et depuis longtemps, au père Noël. Le père Landry avait fait allusion au fait que, pour la circonstance, on nourrissait un peu mieux les animaux. Nous avons regardé de loin les agapes de la fête, la famille qui s'empiffrait de bonnes choses, des huîtres, de la dinde, de la bûche, on nous a donné juste un peu plus que l'ordinaire, histoire de montrer que ce n'était pas un jour comme les autres. Nous avions du mal à parler ce soir-là et à nous endormir. Dans le noir, nous sommes restés longtemps sans rien dire et sans pouvoir fermer l'œil. Sammy s'est mis à pleurer à petits sanglots. Moi, je ne pleurais pas, et je ne savais pas comment le consoler. Heureusement, les fêtes, ça passe et ça se finit.

Comme autre événement notable pour rompre la succession des jours, il y eut la tuée du cochon. Un sombre matin d'hiver, un jour de vent du nord, par grand froid pour que la viande ne tourne pas. Le tueur était là depuis l'aube. Il y eut des cris et du sang. Les voisins et la famille des Landry étaient là pour ce qui ressemblait à une fête. Dans l'euphorie de la "Saint-Cochon", les deux fils Landry vinrent nous montrer la vessie gonflée de l'animal en nous proposant de jouer avec eux au ballon. Ce que nous fîmes, un peu étonnés… D'autres enfants nous rejoignirent pour ce moment assez unique.

Au quotidien, les choses se gâtaient pour Sammy. Un jour le père Landry l'avait envoyé lui chercher une triendine et lui était revenu avec une pioche. Furieux, il se jeta sur l'enfant en hurlant, l'attrapa et le souleva en l'insultant. Espèce de connard, tu vas un peu écouter ce que je te dis, tu vas faire ce que je te dis, sinon je vais t'en coller une dont tu te souviendras. C'est pas ici que tu devrais être, c'est en maison de correction, et tu vas bien finir par t'y retrouver un de ces jours.

Sammy était resté un peu hébété. Après quelques instants, il s'est mis à trembler de tout son corps et à lui crier des injures en créole. Ta langue, elle a point le zos, ta langue elle dit que des mensonges, poule qui cacaye, lu même que la pondu.

T'es qu'un coq tout déplumé, paille-en-queue sans rien entre les jambes, bichique d'eau mouillée, carapatte à pauvre bête... Le vieux a commencé à lui courir après, en essayant de l'attraper, pendant un bon moment, sans succès. Il a fini par se calmer, va donc changer la litière, abruti, si ce n'est pas trop compliqué pour toi.

Le lendemain, je me suis réveillé, tout glacé, recroquevillé contre moi-même pour me tenir un peu chaud. Sammy n'était plus là. Quand le père Landry a gueulé dans la cour, en se demandant ce qu'on foutait, tas de feignants, il y a un moment qu'on devrait y être, je suis sorti pour lui dire que j'étais seul ce matin. Quoi ? Qu'est-ce que tu racontes ? Et il est passé où, ce crétin ?

Il ne savait pas trop quoi faire, je vais prévenir les gendarmes, voilà ce que c'est avec ces gamins, on veut rendre service, et on se retrouve avec des ennuis sur le dos, comme si on n'avait pas autre chose à faire... Et en plus il a piqué le vélo du petit, le salaud...

C'est le lendemain soir que Sammy est revenu entre deux gendarmes. Ils l'avaient trouvé, errant dans un bois, transi, toute une nuit dehors, une chance qu'il y soit pas passé avec le froid qu'il faisait. Un des deux gendarmes tenait à la main le vélo qu'il avait trouvé dans un fossé, tout près du bois. Dès qu'ils ont eu le dos tourné, le père Landry a commencé à cogner Sammy. Saleté, tu veux nous emmerder, tu vas voir un peu ça, essaie seulement de recommencer, tu t'en souviendras. Il l'a frappé jusqu'à ce qu'épuisé, il s'arrête et tourne le dos, furieux, à l'enfant qui continuait à le regarder droit dans les yeux.

Un jour, il paiera pour tout le mal qu'il a fait, un jour il paiera. Cette nuit, j'aurais voulu que tu viennes avec moi, mais je n'ai pas eu le temps de te le demander.

Il fallait que je me lève, j'entendais les voix de ceux qui sont restés là-bas, j'ai suivi les voix dans la nuit, il fallait que je les suive, ç'aurait pu être un rêve, ce n'en était pas un. Même pas peur ni froid, je voyais dans le noir, des voix très douces qui me parlaient, celle de maman, celles de mon frère et de mes sœurs.

La prochaine fois, je lui ai promis, on part tous les deux, je te le jure, j'irai avec toi, et si je vais avec toi, pour nous retrouver, ils pourront toujours courir.

4

C'est la fugue ratée de Sammy qui nous a amené l'assistante sociale.

Un jour, la mère Landry est arrivée, affolée, alors qu'on ramassait des branches du côté du bois des Sept-Loups. Il faut qu'ils rentrent, il y a une femme du foyer qui veut les voir. On n'a donc rien d'autre à foutre ? Le vieux était furieux. Il nous a tout de même laissés retourner à la ferme où nous attendait l'assistante sociale. Alors, qu'est-ce qu'il se passe ? Tu ne voulais pas rester ici ? elle a demandé à Sammy, qui n'a rien répondu. Et toi, tu t'appelles Léonard, c'est ça. Je voudrais les voir seuls un petit moment. Qu'est-ce que ça veut dire, ils sont bien ici, on les considère un peu comme nos enfants, a commenté la mère Landry. J'ai besoin de les voir seuls un moment, où est-ce que je peux aller ? Je vous laisse, je vais chercher mon mari, c'est quand même incroyable ! Elle est partie, nous laissant dans la salle à manger, avec cette femme qui faisait un peu triste mais plutôt gentille. Dites-moi, les enfants, parlez-moi franchement surtout, il me semble que vous n'allez pas souvent à l'école ? Non, je lui ai répondu, M. Landry dit que ce n'est pas la peine. Donc vous travaillez tout le temps ? Oui, tous les jours... Elle nous a posé plein de questions sur la nourriture, la façon dont on vivait ici... Elle n'avait pas l'air très contente de ce que je lui répondais… Elle a essayé de parler plus précisément à Sammy… Tu as voulu partir pourquoi ? C'est parce que je suis un oiseau, a-t-il répondu en riant, cette fois, je n'ai pas réussi à m'envoler, mais un jour, ça viendra… On a entendu tout à coup la voix du père Landry qui gueulait en ouvrant la porte, qu'est-ce que c'est que ce bordel ? On n'est pas libres, alors, on n'est pas libres. Ils ont tout ce qu'il faut ici, alors si vous ne voulez pas qu'on les garde, vous les ramenez avec vous… Ils donnent un peu la main, mais c'est bien normal quand même… Il s'agit juste d'une mise au point, monsieur Landry, mais il faut que les choses changent, il faut que ces enfants aillent à l'école… A l'école, à l'école, moi, je veux bien, mais c'est un peu du temps perdu, d'ailleurs on leur a proposé d'y aller, ils ne voulaient pas. Ah bon, ce n'est pas ce qu'avait l'air de me dire Léonard. Le vieux m'a jeté un regard assassin. Qu'est-ce qu'ils sont encore allés raconter, ces deux-là ! On essaye de faire pour le mieux, et voilà la récompense qu'on en a. En tout cas, il faut qu'ils aillent à l'école. Elle a demandé où était notre trousseau de vêture. Les Landry n'ont pas répondu. Ils ne peuvent pas rester aussi peu habillés pendant l'hiver, il faudra que vous vous en occupiez, et leur trousseau c'est fait pour ça… Ils dorment où tous les deux, j'aimerais bien voir leur chambre.

Il y a eu un silence gêné, ils se regardaient tous les deux, ne sachant pas trop quoi répondre. Vous dormez où, les enfants ? Ben, à la grange, a répondu Sammy, et on n'a pas trop chaud là-bas ! A la grange ? Elle avait l'air catastrophée. Ils n'ont pas d'autre chambre que ça… Pour le moment, en attendant, ils sont à la grange, mais, vous savez, c'est l'endroit le plus chaud de la maison, ils sont bien installés tous les deux, on leur a mis un bon matelas, hein, vous êtes bien là-bas ? On n'a pas répondu... Ecoutez, monsieur Landry, je ne vais pas faire de rapport, vous les envoyez à l'école, et qu'ils aient un autre endroit où dormir, et, quand ils iront à l'école, vous leur laisserez du temps pour faire leurs devoirs, ce ne sont pas des bêtes de somme ces gamins, et puis il faut qu'ils se lavent, ils ne sentent pas très bon... C'est vrai qu'avec le froid qu'il fait en ce moment, on en est tous plus ou moins là... Je leur ai dit plus d'une fois de se laver, mais c'est pas dans leur nature, ils sont sales, que voulez-vous y faire, on ne va pas les laver de force, a menti la mère Landry. Et puis il y en a un des deux qui pisse au lit, on a beau faire dans ces cas... Il ne faut pas, non plus, qu'ils restent sans chaussettes, vous avez vu l'état de leurs pieds, ils ont ce qu'il faut dans leur trousseau, ça ne peut pas durer comme ça.

Après le départ de l'assistante et sa promesse de revenir voir comment ça allait, le père et la mère Landry se sont enfermés dans la salle à manger et nous ont laissés dans la cuisine près du feu de bois, On était, nous, plutôt contents de la tournure que prenaient les événements. C'est comme ça que, quelques jours plus tard, on s'est retrouvés à l'école.

Sous le préau, on ne faisait pas les fiers. On était collés au mur, collés l'un à l'autre. Les jeux habituels étaient comme suspendus et tous les regards braqués sur nous. On osait à peine bouger. Un homme, un grand sec, le directeur de l'école, s'est approché, suivi d'une jeune femme. Ah, les voilà donc, ceux-là, un bout de temps qu'ils auraient dû venir ! Le père Landry les fait travailler toute la sainte journée, j'ai reçu une lettre de l'assistante. C'est toujours un problème, les popularts. Qu'est-ce qu'on va en faire, de ces deux zigotos ?

La femme s'est approchée. Vous allez être dans ma classe, je suis Mme Maurin. Elle nous a souri.

Ça m'a coupé les jambes. J'aurais voulu qu'elle me prenne dans ses bras, qu'elle me garde serré bien fort contre elle, et je n'aurais plus bougé. Sammy la regardait bouche bée. Elle était belle. Dans la cour, tout autour, les enfants suivaient la scène, avec des regards curieux, un rien hostiles. Des filles se poussaient du coude en riant et en nous regardant.

On est rentrés dans la classe, Mme Maurin nous a indiqué un bureau auquel, gauchement, on a pris place tous les deux. C'est Léonard, voilà, lève-toi, oui, c'est lui, et Sammy. Ils sont placés chez M. Landry et vont venir tous les jours à l'école, enfin, j'espère qu'ils viendront tous les jours.

Madame, pourquoi il n'est pas de la même couleur que nous ? a demandé une petite fille. Mme Maurin s'est lancée dans des explications sur la couleur de la peau, elle leur a demandé de nous accueillir comme il faut et d'être gentils avec nous.

— Madame, pourquoi c'est difficile de comprendre ce que dit Sammy ?

Mme Maurin leur a expliqué qu'il parlait un dialecte, le créole de la Réunion, une île française très loin d'ici, et qu'en se mettant à l'écouter on comprenait ce qu'il voulait dire et qu'en plus, c'était joli…

Les questions se sont mises à fuser, et pourquoi il y a des enfants qui ont des parents, et d'autres pas ?

Elle a tenté de leur expliquer, moi, j'aurais été bien en peine…

A la récré, c'était la méfiance. Des plus grands sont venus tourner autour de nous. Hé, le noiraud, ils t'ont passé au bouchon de suie quand t'étais petit, non, il s'appelle boule de neige, a repris un autre, un gros qui faisait régner la terreur dans l'école, un certain Jean-Marie Duplat, et l'autre, tu as vu un peu, l'échalas… On dirait des chiffonniers, c'est le guenillou qui les a apportés, c'est le guenillou qui viendra les chercher.

Une fille brune, une grande aussi, avec des longs cheveux noirs, s'est approchée. Je l'avais remarquée, en classe, elle nous souriait. Laissez-les tranquilles ! Ah, la bohémienne, a dit Duplat, pas étonnant, c'est ses cousins, c'est de la race à poux, et les autres derrière qui reprenaient en ricanant : Race à poux, race à poux ! Ils ont la coupe au bol des popularts, c'est pas pour rien ! Allez, viens me le dire plus près, la fille s'est approchée de Duplat et de la petite troupe derrière lui, viens donc Duplat, attention, elle a des poux, a dit Duplat en se dégageant, il avait l'air d'avoir peur d'elle, graine de sorcière, race à poux…

La troupe s'est égaillée, ils sont allés de l'autre côté de la cour, où ils continuaient par intermittence à nous balancer quelques insultes. De loin. C'est des cons, bêtes à manger du foin, il ne faut pas avoir peur d'eux, moi je m'appelle Célimène, et vous ? Moi, c'est Léonard, et lui Sammy. Ils ne voient pas plus loin que le bout de leur nez, le monde est immense, et eux, parce qu'ils sont d'un endroit, c'est comme si rien d'autre n'existait. Je m'appelle Célimène, mon père qui m'a trouvé ce prénom, ma mère n'habite pas avec nous, juste mon père, avant il était prof à Limoges, il s'appelle Etienne, maintenant on vit ici, ça fait un bout de temps déjà, mais c'est provisoire. Il continue à être prof, mais par correspondance. Vous êtes chez les Landry, nous on n'habite pas loin, juste vers l'étang aux chiens. On va rentrer ensemble.

5

Juste à l'entrée de la petite rue piétonne, tout près de la place, la fille s'est mise à gueuler dans son portable. Elle portait un jean taille très basse, des piercings un peu partout sur le visage. Et un plus gros, un papillon doré, sur son nombril découvert. Au bas de son dos, un oiseau tatoué déployait ses ailes. Assis devant un espace photocopies, un homme a commencé à l'apostropher : "Je suis invalide, tu vas te taire un peu, invalide, tu sais ce que ça veut dire ? J'ai la COTOREP, tu vas te taire un peu, tu me détruis les oreilles." Du coup, elle s'est mise à alterner les insultes à l'interlocuteur du portable et à l'homme. Ils avaient l'air de bien se connaître, comme si cela ne portait pas à conséquence. J'étais assis à la terrasse du bar des Amis, en plein centre de Guéret. J'avais pris un train qui s'était arrêté à La Souterraine et, là, un car qui est passé par plusieurs villages. A Saint-Vaury, je me suis souvenu que c'était là qu'on avait envoyé Sammy à l'hôpital psychiatrique. Je ne le voyais déjà plus à l'époque, on m'avait raconté. La campagne était belle tout autour, dans ces jours de fin d'automne. Sur la route, d'autres noms de villes et de certains villages me disaient vaguement quelque chose. Saint-Sulpice-le-Guérétois au nom chargé de drame retint toute mon attention.

En arrivant à Guéret, on était passés devant un restaurant-grill qui ressemblait à une soucoupe volante échouée dans un paysage hésitant entre la zone industrielle et la franche campagne. Les néons bleu électrique de la Vingt-Cinquième-Heure clignotaient, en plein jour, dans la rue étroite qui débouchait sur la gare, terminus du bus.

Je ne savais pas comment j'allais faire pour retrouver Sammy. J'étais parti sur un coup de tête. Je n'étais pas revenu dans cette région depuis que j'avais pris la décision de m'en aller, à vingt ans.

Devant l'espace photocopies, la fille hurlait de plus belle dans son portable, tu ne me fais pas peur, si je viens tu feras moins le malin, je vais te casser la tête. Et l'autre toujours dans sa litanie, mais elle va se taire, c'est qu'une idiote, tout le monde le sait bien ! Le patron du café est sorti pour leur demander de se calmer, la fille a raccroché et a commencé à s'en prendre à l'autre, c'était ce salaud, je vais lui exploser la tête, et toi, tu ne m'emmerdes plus quand j'appelle, là, ce n'était pas mes heures de travail, je fais ce que je veux quand ce n'est pas mes heures de travail.

Je me suis approché d'eux.

— Ça fait longtemps que vous habitez ici ?

— Depuis toujours, m'a dit le type.

La fille n'a rien répondu.

— Depuis la nuit des temps, il a rajouté, visiblement satisfait de la formule.

— Vous ne connaîtriez pas un certain Sammy, c'est un Réunionnais, il est arrivé ici dans les années 1960 ?

— Sammy, bien sûr qu'on le connaît, vous voulez le voir pourquoi ?

— Je l'ai rencontré quand j'étais gamin, et comme je passais par ici... Je me suis dit que...

— Ah, tant que c'est pas la police, les huissiers ou les impôts, je veux bien vous répondre.

Sa répartie l'a fait rire. La fille ne disait toujours rien, le regard buté.

— Vous êtes de l'Assistance aussi ?

— Oui, si on veut, et Sammy, alors ?

— Il y a l'association des pupilles de l'Etat qui est juste en face. Moi, je le connaissais bien, mais là, il n'habite plus ici, ça fait au moins quatre ans de ça, il est parti à Tulle, en Corrèze, il avait rencontré une fille là-bas, de toute façon il ne voulait plus vivre à Guéret, le boulot qu'il faisait, ce n'était pas drôle, il travaillait à ce qu'on appelle ici "la brûlerie", toutes les poubelles de la ville qui s'en vont là-bas en fumée, et lui là, tous les jours pendant des années, à faire flamber les déchets. A un moment, aussi à l'hôpital, à la buanderie et à la stérilisation. Moi, j'ai été cordonnier, là, je suis en invalidité, j'aide un peu un collègue, je surveille son magasin, il n'y a pas grand monde, remarquez ! Moi, c'est Farid et elle Jennyfer.

Je lui ai serré la main, en me présentant, Léonard, la fille m'a vaguement regardé, l'écoutez pas, il est pas bien cuit, limite pas fini. Et votre copain Sammy, vaut guère mieux celui-là, l'est aussi un peu nonoche, il parle tout seul et plus souvent qu'à son tour qui picole – On n'a plus eu de nouvelles depuis longtemps, vous pouvez aussi vous renseigner à l'hôpital, là-bas à l'Espace créole, m'a dit Farid.

Il m'a conseillé de revenir à l'heure de l'apéro, qu'il allait voir un peu de son côté.

Je suis allé jusqu'à la place Bonnyaud et de là j'ai pris la direction de l'hôpital.

De vieilles peurs me revenaient de ce lieu que nous n'avions pas le droit d'approcher. Je me suis souvenu de ce panneau, courant à l'époque, "Hôpital silence".

Je suis entré dans une petite cafétéria. A une table, une fille buvait un café avec une autre qui portait son goutte-à-goutte comme d'autres leur croix. Quelqu'un m'avait dit que l'on appelait ça une potence.

Je me suis approché du guichet de renseignements, la femme semblait ne pas comprendre, non, ça ne dépend pas de nous, je ne peux rien vous dire, il faudrait que vous preniez rendez-vous avec les services administratifs de l'hôpital. Je suis monté par le chemin de l'hôpital jusqu'au foyer de l'enfance, appelé maintenant "Espace créole", et les gens comme Sammy ne savaient que trop bien pourquoi.

La dénomination nouvelle avait un petit goût de boisson exotique et de vacances en club. La porte était ouverte, il n'y avait personne. Je suis entré. C'était nettement moins triste qu'à l'époque, mais je n'arrivais pas à me détacher des souvenirs que j'en avais. Ça suintait encore pour moi la tristesse et la violence. Tout était là de nouveau et si fort.

Des larmes me sont venues, malgré moi. Je ne voulais pas m'attarder.

Je suis sorti, il y avait une route maintenant derrière et un bois qui n'avait rien à voir avec le souvenir de l'immense forêt où l'on nous envoyait jouer, et où j'avais peur de me perdre. Je me disais même parfois que nous étions trop nombreux, ce que l'on nous répétait tout le temps, surtout après l'arrivée des Réunionnais, et qu'ils avaient décidé de se débarrasser de ceux qui ne seraient pas assez forts pour retrouver leur chemin dans cette forêt, j'en faisais des cauchemars. D'un bâtiment plus loin venait une chanson qui se répétait. Une vieille femme qui fredonnait en boucle et parfois cela faisait penser à un cri.

— Vous cherchez quelque chose ?

— Non, rien, j'ai été gamin ici, il y a longtemps.

C'était un type un peu fort, vêtu d'une blouse blanche.

— Je travaille juste à côté, le bâtiment là-bas, des gens âgés. C'est la première fois que vous revenez ici ?

— Oui, je suis à la recherche de quelqu'un que j'ai connu. Il a travaillé à l'hôpital aussi, un certain Sammy.

— Ah, oui, je vois qui c'est. Il n'est plus ici. Ça a bien changé, hein ?

J'en ai convenu. Il m'observait, un peu soupçonneux.

De l'autre côté de la route, surtout, je me souvenais d'une forêt immense et terrifiante, et de cette fois où je m'étais perdu, les arbres noués très grands au-dessus de moi, et leurs racines immenses où mes pieds allaient se prendre. De vrais trous à creuser sous les racines où se glisser et disparaître à jamais. Et le bruit de la gamelle sur laquelle on tape, juste le temps d'aller se cacher, celui qui est vu envoyé aussitôt en prison où on peut aller le délivrer rien qu'en le touchant. Je m'étais éloigné en cherchant à me cacher le mieux possible, et maintenant il n'y a plus que ce bruit de la gamelle de plus en plus lointain et des cris parmi lesquels je reconnais mon nom.

Je voudrais que l'on ne me retrouve plus, disparaître pour de bon, être englouti par la forêt. Je pleure, j'ai peur, et en même temps je me sens libre comme jamais. Je me recroqueville dans ce trou sous les racines, je ne bougerai plus, je me sens bien, je resterai là sans plus bouger. Les voix et les aboiements des chiens qui se rapprochent. Le bruit de la gamelle a cessé. Je me suis endormi, trop bien caché, après, c'est ce qu'ils m'ont dit, ils m'ont retrouvé juste avant que la nuit soit complètement tombée et j'aurais pu y rester…

J'ai salué l'homme en blouse blanche. Je me demandais s'il ne restait pas là pour me surveiller, voir si je partais vraiment. Tout près de l'ancien foyer, le séparant de cette petite forêt que je trouvais maintenant minuscule et banale, le chemin des amoureux descendait paisiblement jusqu'au centre de la ville. C'était la fin de l'après-midi. Je l'ai pris à petits pas. Des chiens aboyaient devant chaque maison, se précipitant rageusement contre les grilles, leur élan belliqueux stoppé net par la chaîne qui les ramenait à la dure réalité de leur condition. Des mains déjà tiraient les volets du soir. Une inscription sur un mur rappelait la mort d'un jeune résistant. J'arrivais près d'un petit supermarché devant lequel un vigile faisait le pied de grue.

Au bar des Amis, Farid était en terrasse, Jennyfer faisait toujours aussi ostensiblement la gueule. Guéret semblait être une ville assez calme. Ils étaient avec un grand type. C'est Jojo, me dit Farid, Sammy, il le connaissait bien. On était à la buanderie de l'hôpital ensemble, j'y travaille plus, je suis en maladie, je fais de la dépression, ce qu'il y a de pire comme travail, lui, avant, était à la brûlerie, du boulot de merde, dix ans il y est resté, et puis un jour il a décidé de partir à Tulle, il doit être là-bas à l'heure qu'il est, vous prenez quelque chose, c'est ma tournée ? Le portable de Jennyfer a sonné, elle s'est levée furieuse d'avance, a décroché en parlant très fort, c'est toi, tu avais pas dit que tu appelais à six heures ? Je ne savais pas trop quoi dire à Jojo et Farid, on restait là, vous êtes aussi de la Population ? m'a demandé Jojo, oui, je suis passé au foyer de l'enfance, il y a un bout de temps de ça, j'étais dans la même famille d'accueil, si on peut appeler ça comme ça, que Sammy.

— Exploitation agricole, ça voulait bien dire ce que ça voulait dire, vous étiez collègues alors, et maintenant qu'est-ce que tu fais ?

Je suis resté des plus évasifs, je n'avais pas trop envie de leur parler du métier qui avait été le mien pendant si longtemps. Non pas que j'en aie honte, mais c'était difficile à expliquer.

On est restés un long moment comme ça. Le ciel allait vers le bleu nuit. Je peux avoir son adresse à Tulle si ça vous intéresse.

Je ne sais pas trop quoi te dire de lui, quand tu le verras tu comprendras...

Jennyfer a rompu le silence, son portable avait sonné à nouveau, le ton est monté très vite, tu n'as pas mérité notre amour, un jour, je te crèverai... Tout le monde s'est tu à la terrasse.

Je les ai laissés à leurs pensées et à leurs habitudes en les remerciant. Sur la place, plusieurs maisons portaient des écriteaux "A vendre".

Il fallait le lendemain que j'aille à Tulle.

Dans la rue, derrière moi, quelqu'un a appelé. Je me suis retourné. C'était Jojo.

— On n'a pas eu trop le temps de se dire grand-chose... Je vous connais, vous savez, même si je ne vous ai jamais vu. Des gens comme nous, ça se flaire de loin. Pour les comme nous, c'est comme si c'était fini du départ. J'y pense tout le temps en ce moment. Pourquoi vous me regardez comme ça ? Avec Sammy, on ne parlait que quand on buvait un coup. Il était avec une femme, une vraie salope qui l'a plaqué après lui en avoir fait baver tout ce qu'elle savait. Il picolait pas mal et, là, ça a été la dégringolade. Remarquez, ce n'est pas moi qui vais lui jeter la pierre ! Les femmes, on peut s'appuyer dessus un moment, mais elles voudraient toujours vous changer, je n'ai jamais eu la force de faire ce qu'il fallait pour, ou alors c'est que je n'ai jamais été amoureux comme il faut. En ce moment, je n'ai personne, et ce n'est pas plus mal. Je finirai comme un vieux chien, je crèverai dans mon coin, et personne ne s'en rendra compte. Vous voulez venir boire un verre au Bureau, c'est juste en face de la gare, ça reste ouvert plus tard ?

Je ne savais pas trop quoi dire, je l'ai suivi, on a marché un bon moment dans des rues désertes, et on est arrivés à la gare et au café, j'ai reconnu plusieurs types que j'avais vus traîner dans la journée.

Drôles d'oiseaux que nous sommes, les ailes salement empêtrées, des mouettes emmazoutées, il a ri pour casser le côté un peu solennel, et puis a enchaîné :

— Je n'arrive même plus à me branler.

Il a dû se rendre compte que j'étais un peu gêné par sa confidence.

— Non, excusez-moi de vous parler de ça, ce doit être les médicaments pour la dépression.

— J'en ai pris aussi, je voudrais laisser tomber complètement, mais ce n'est pas facile.

— Sammy, il ne voulait pas en prendre : ça leur ferait trop plaisir de penser que je suis malade, un humain qui va mal, c'est pas un malade, c'est quelqu'un qui n'en peut plus de la saloperie dans laquelle on l'a plongé au départ. Il lui venait souvent l'envie de se venger de tout ce qu'on lui en avait fait baver, il aurait pu, il y a des Réunionnais qui ont porté plainte contre l'Etat français et qui demandent réparation, mais lui, c'était surtout l'idée qui lui plaisait, il oubliait très vite, et puis alors faire des démarches, déjà les plus simples pour lui c'était la croix et la bannière, alors vous imaginez, rencontrer des avocats, faire des dossiers, tout ça…

Sur un grand écran défilaient des images de chanteurs de rap et de filles volcaniques qui ne semblaient plus être que poitrine et croupe offertes au regard.

— A une période, je pensais encore au lendemain, maintenant, c'est fini, et c'est dur de se dire ça, excusez-moi, je parle beaucoup de moi, je parle beaucoup pour rien, je ne peux pas m'en empêcher, il nous reste encore ça.

Je ne savais vraiment pas trop quoi lui dire.

Je me suis demandé si j'étais capable de désirer encore quelque chose dans le futur. C'est vrai qu'il y avait nos projets avec Hélène, mais c'était plus pour quitter tout ce qui nous pesait, une fuite si on veut, prendre le large le plus loin possible.

Est-ce que c'était le désir de quelque chose, ça ? D'ailleurs, est-ce qu'il y avait un seul moment dans ma vie où je m'étais dit que le lendemain serait mieux ? Non, j'avais suivi un chemin plus ou moins déjà tracé, après l'armée et cette enfance de merde, j'avais essayé d'être le plus normal possible, et cela avait plus ou moins marché jusqu'à ce que ça n'aille plus du tout.

Je n'avais pas envie de lui raconter tout ça.

— Vous n'êtes pas bavard, enfin, ça n'a pas d'importance, heureusement, jamais eu d'enfants, quand je m'en irai il n'y aura personne d'autre que moi, on tire le rideau, on tire la chasse !

Je lui ai dit que j'en avais quatre, grands maintenant, que je ne les voyais pratiquement jamais, lorsque je pensais encore à eux, c'était des tout petits détails de l'enfance qui me revenaient. Pourquoi je lui racontais ça ? J'avais envie de partir…

— Sammy, il en a eu deux, d'une première femme, il n'en avait plus beaucoup de nouvelles, elle était partie dans une autre région, avec les femmes ça n'est jamais allé très bien pour lui. Il parlait souvent de sa mère, à un moment il se disait qu'il allait partir à la Réunion, essayer de la retrouver, il se voyait avec toute une famille, et tout pouvait repartir à zéro. Je crois qu'il ne s'en est jamais occupé. Vous avez connu vos parents ?

— Non, j'ai été abandonné, un orphelin si on veut, ils n'étaient pas morts. Mais ça a toujours été tout comme !

— Moi, j'étais juste avec ma mère et ma tante. Jamais connu mon père. On habitait avec mes grands-parents. Le vieux les frappait à coups de ceinture. Un jour, elle lui a dit : "Ça suffit maintenant... Tu ne me toucheras plus..." On est partis, on vivait dans un meublé... Elle s'est fait appeler Violette, je n'ai jamais connu d'autre prénom, violette comme la couleur des coups, et aussi son parfum, le foulard qu'elle portait et son odeur au-dedans. J'ai été placé à la DDASS. J'ai pleuré devant le sapin une nuit de Noël juste après avoir été placé. Ma mère s'était mise à boire. Depuis, chaque année, je fais le plus grand sapin possible, j'y mets plein de choses, des cadeaux, des bonbons, des bougies, j'invite le plus possible de gens, il y a des kleenex partout et je pleure toutes mes larmes. J'ai connu ma douleur. Ma mère se tapait le ventre pendant qu'elle m'attendait, elle n'en voulait pas, de ce qu'elle avait dans le ventre. J'ai eu deux frères, une sœur, tous de pères différents.

Ça lui était sorti tout d'un coup. Il avait parlé très fort. Un couple, à la table à côté, s'est retourné et nous a regardés, l'air un peu gêné.

On est restés silencieux un moment. Il avait des larmes dans les yeux.

— C'est con, de parler de ça. J'espère que vous allez retrouver Sammy. Il y a des choses qu'on ne peut pas confier à grand monde. Ici, les gens, vous savez, ils ont du mal à vous parler en vous regardant dans les yeux. Bonjour, bonsoir, chacun chez soi et tout le monde est content...

— Bonne chance, je lui ai dit en partant, j'ai été content de vous rencontrer.

Il est resté tout seul devant sa bière et m'a fait un petit signe quand je sortais.

J'ai mis du temps à retrouver l'hôtel dans la ville totalement silencieuse et déserte. J'ai dû sonner un long moment, jusqu'à ce que le veilleur de nuit, tiré d'un sommeil profond, vienne m'ouvrir. Dans les couloirs, il y avait des relents de vieille cigarette et de tapis un peu moisi. Et, dans ma chambre, une forte odeur de poussière. J'ai ouvert la fenêtre et je me suis allongé sur un lit défoncé. Je n'arrivais pas à dormir. J'ai téléphoné à Hélène. Elle m'a demandé comment ça se passait. Je continue, je voudrais le retrouver, ça se précise. Elle se sentait seule au relais. Je lui ai dit que ça ne saurait tarder, et que, lorsque je reviendrais, cette fois je serais vraiment là, et que par ici dans la Creuse, je m'étais renseigné, il y avait beaucoup de villages où l'on était prêt à investir pour des gérants de supérette. C'était une question de jours ou de semaines. Je ne savais pas pourquoi c'était devenu si important, mais ça l'était. Elle m'a dit qu'elle comprenait, j'ai bien senti qu'elle était triste, mais je me suis appliqué à ne pas y penser. Il fallait qu'une fois dans ma vie, j'aille vers quelque chose qui était à moi. Les autres, j'en avais toujours tenu compte. Je m'en étais même rendu malade. J'ai tout de même eu envie de lui dire “heureusement que je t'ai”. Mais je ne l'ai pas fait.

6

Sur la route, on marchait, petites silhouettes, à côté d'elle, et pas peu fiers d'être en sa compagnie. Venez me voir, on est vraiment juste à côté, vous ferez la connaissance de Magali, ma sœur aînée, et de Joseph, mon petit frère. Il faudra qu'on demande si on peut venir, mais ça m'étonnerait, le père Landry est déjà furieux qu'on aille à l'école, vu qu'il dit que ça nous fait perdre du temps. Comment ça, perdre du temps ? Si vous disiez ça à mon père, ça le rendrait fou furieux, le père Landry vous exploite, c'est plutôt ça, vous êtes des commis à bon marché pour lui, il n'a pas le droit de vous traiter comme ça, il ne faut pas vous laisser faire…

Tu es belle, tu es comme la Vierge, tu es une reine, c'est sorti d'un coup de la bouche de Sammy qui jusqu'à présent n'avait pas dit grand-chose. Elle a ri, a déposé un baiser sur sa joue, puis sur la mienne. Ce chemin du retour, j'aurais voulu qu'il ne s'arrête jamais, qu'on reste comme ça à marcher à côté d'elle pour un bout de temps. Et rien qui puisse jamais l'effacer, ce moment. Au détour d'un sentier, on s'est retrouvés chez eux, juste à côté de l'étang aux chiens, il y avait une balançoire un peu rouillée devant la maison, et quelques pneus suspendus à une corde. C'est chez nous, venez deux minutes au moins. La porte était ouverte, un gamin était en train de lire assis sur une chaise. Salut, Joseph, je te présente mes nouveaux amis, Sammy et Léonard. Il a vaguement relevé la tête de son livre, salut ! Celui-là, a dit Célimène, quand il a la tête dans un bouquin… Ma sœur n'est pas là, elle est allée chez notre mère. Elle a appelé, papa, papa… Un homme a descendu l'escalier de bois, il avait des lunettes et des cheveux longs, comme jamais à cette époque je n'en avais encore vu. Alors, comment ça s'est passé, cette journée d'école ? Tu vois, j'ai fait la connaissance de Léonard et Sammy, ils sont placés chez les Landry, ça fait déjà un bout de temps mais c'est le premier jour où ils venaient à l'école. Ah, bon ! et comment se fait-il que vous n'y soyez pas allés avant ? Qu'est-ce que vous attendez pour vous asseoir ? On n'osait pas. Allez, qu'est-ce que vous attendez ? Ils ont peur de se faire engueuler, a commenté Célimène, il les fait travailler dur, le vieux grippe-sou, pour ça qu'ils n'allaient pas à l'école ! C'est incroyable, ça ! C'est la DDASS qui vous a placés là ? On vient du foyer de l'enfance de Guéret, j'ai précisé, moi, j'y suis resté pas mal de temps, Sammy, il n'a fait qu'y passer parce que lui, il arrive de la Réunion, moi, je suis un populart, lui, il n'est pas orphelin, mais il est arrivé en avion avec son frère, et son frère il ne le voit plus, il aimerait bien le retrouver. Oui, j'étais dans le convoi avec lui, et on a été séparés, a précisé Sammy. Le convoi, quel mot ! Et le père Landry qui ne vous envoyait même pas à l'école ! Quel fumier, celui-là ! Il trouvait que c'était du temps perdu, mais l'assistante sociale l'a obligé… Ah, bon, eh bien je suis content de voir qu'elles servent parfois à quelque chose, ces dames. Et tu as des parents ? il a demandé à Sammy. Oui, ma mère, elle est malade, pas bien vaillante comme elle dit, et mon père, il est parti. J'avais aussi un oncle Cab qui est mort un soir, et les chiens hurlaient à la mort... Allez, asseyez-vous, les gamins... Et là, a continué Sammy, tous mes oiseaux cuicuitent et s'envolent...

On s'est assis. Célimène nous a apporté un paquet de gâteaux et du lait, on était intimidés, on n'avait pas l'habitude de ces petits rituels... En tout cas, il faut que vous y alliez à l'école, c'est pas qu'elle soit parfaite, loin de là, mais c'est votre seule chance d'échapper à une vie d'abrutissement. Etre capable de lire, d'écrire, de penser, c'est le début de la liberté, ça, il ne faut pas l'oublier, les enfants ! On le regardait gravement, en osant à peine mastiquer nos petits-beurre. Si vous avez besoin de quelque chose, vous n'hésiterez pas à me le demander. Et il faut que vous y alliez tous les jours à l'école, vous m'entendez, ça c'est plus important que tout ! Il faut qu'on rentre ! Le père Landry devait déjà piaffer dans sa cour, avec le travail qu'il nous avait préparé. Il faut qu'on y aille ! N'oubliez pas de faire vos devoirs, c'est important ça aussi, vous lui direz à Landry que vous êtes obligés de les faire, et, si vous avez un problème avec lui, vous m'en parlez !

Célimène nous a accompagnés jusqu'à la porte, à demain, et venez ici quand vous voulez, vous serez toujours les bienvenus !

Le père Landry était d'une humeur exécrable quand on est arrivés à la ferme. Alors, on prend du bon temps ! C'est à cette heure-ci que ça se termine l'école ? Vous avez pris quel chemin pour revenir ? Et les bêtes, qui va les nourrir ? Si vous croyez que vous allez passer votre temps à vous tourner les pouces !

— C'est qu'on a les devoirs, a dit Sammy avec une certaine difficulté à garder son sérieux.

Le père Landry a failli s'étouffer. Des devoirs, des devoirs, c'est pas bientôt fini la plaisanterie ! Non, mais, où ça va s'arrêter cette histoire ?

— C'est la maîtresse qui nous a dit qu'il fallait les faire. Nous, on lui obéit, à la maîtresse, a continué, facétieux, Sammy.

— Vous les ferez avant de vous coucher, venez donc voir par ici en attendant, il faut aller préparer la pâtée aux cochons...

Le lendemain, on est repartis à l'école sans avoir fait nos devoirs. On n'avait pas eu le temps, après avoir nourri les bêtes, il avait fallu nettoyer des outils qu'il nous avait préparés. A peine le temps d'avaler notre soupe, dans la grange il faisait noir, pour lire et écrire ce n'était pas ce qu'il y avait de mieux. Avant de s'endormir, Sammy m'avait expliqué qu'il aimait aller à l'école, pas trop pour ce qu'on nous apprenait, et qu'il trouvait ennuyeux, mais parce que la maîtresse et Célimène étaient belles et douces, et que c'était un plaisir de les regarder et de les écouter parler.

Mme Maurin nous a demandé pourquoi on n'avait rien fait, on a essayé de lui expliquer. Elle n'a pas insisté, j'ai vu qu'elle nous regardait avec tristesse. A l'heure de la récré, elle nous a proposé de rester avec elle, elle pourrait nous aider à rattraper un peu ce qu'on n'avait pas eu le temps d'apprendre. Elle nous a expliqué, les fichiers roses, les fichiers bleus, le principe des tables de multiplication, il faut les savoir, vous pouvez vous les répéter partout où vous êtes. Sammy l'écoutait poliment. Elle revenait sur ce qu'elle nous avait expliqué pour bien souligner ce qui pouvait nous paraître obscur, tu comprends, Sammy ? Oh, oui, madame. Et toi, Léonard... Je vais essayer de les apprendre par cœur... Quand les autres enfants sont rentrés en classe, on était assez fiers de ce qui ressemblait un peu à un traitement de faveur. Jean-Marie Duplat nous a jeté un regard haineux, tandis que Célimène nous faisait son plus beau sourire (et elle n'avait que l'embarras du choix).

On est rentrés avec elle, je lui ai dit qu'on s'était fait passer un savon la veille et qu'on ne s'arrêterait pas chez elle. On s'en moque, a dit Sammy, de toute façon, il gueule toujours le vieux, qu'on fasse bien, qu'on fasse mal, c'est la même chose. Alors, a proposé Célimène, tant qu'à faire, venez juste un petit moment à la maison, mon père a été content de vous rencontrer, il aurait bien aimé vous revoir. Allez oui, on s'arrête ! Mais alors vraiment juste un tout petit moment, Joseph était toujours plongé dans son bouquin, Magali toujours pas là, et Etienne – il voulait qu'on l'appelle par son prénom, mais nous, on avait du mal – est arrivé, portant des livres. Tenez, c'est pour vous, il y en a plusieurs. Et les devoirs alors ? Célimène lui a dit qu'on n'avait pas pu les faire, qu'il nous faisait travailler jusqu'à la nuit, et qu'après, on dormait dans la grange, dans le noir. Je vais aller lui parler à celui-là ! Ce n'est pas possible de traiter des enfants comme ça ! Il faut qu'on y aille vite ! Attendez une minute, il est parti dans une autre pièce, est revenu avec deux lampes électriques, prenez ça, vous pourrez lire le soir… Quand il nous a vus revenir avec le sac de livres, le père Landry s'est mis à gueuler, où vous êtes allés chercher ça ? C'est Etienne, le père de Célimène, qui nous les a donnés ! Ah, le type de l'étang aux chiens, cette espèce de prof qui n'en fout pas une, c'est pas la peine d'aller traîner chez lui, et puis les livres vous les mettez de côté, tiens, donnez-les-moi d'ailleurs. La rage, d'un coup, m'est montée au ventre, non, je ne veux pas, on a le droit d'avoir des livres et de les lire, la maîtresse nous a dit qu'il fallait qu'on lise tant qu'on pouvait, je vais aller les ranger dans la grange. Landry était stupéfait, c'était rare que je m'impose et que je hausse la voix. Du coup, il n'a pas insisté. Ce n'était pas souvent qu'on me donnait quelque chose, et je savais que, s'il avait emporté mes livres avec lui, c'est ses enfants qui en auraient hérité vite fait. Le soir, on a pris nos lampes électriques, Sammy jouait avec la sienne à faire des ombres, moi je prenais chacun des livres, je le regardais, je le reposais, j'étais heureux rien qu'à la pensée qu'ils étaient pour nous. Qu'on avait tout le temps ! Je n'osais pas commencer. Il y avait *Les Misérables*, *Le Tour de France par deux enfants*, *Vingt mille lieues sous les mers*, une vieille édition avec des dessins gravés, *Sans famille* que j'ai commencé à feuilleter. Sammy n'avait pas l'air très content. Tu vas te plonger tout seul dedans, et mes histoires que je te raconte, elles ne t'intéressent plus ? Je lui ai proposé de lire à haute voix, il m'a dit : Lis-le tout seul d'abord, et si c'est intéressant, après, tu me le liras, ou tu me le raconteras. Tu n'en veux pas un toi aussi ? Non, c'est trop difficile toutes ces lettres. Sammy, il faut qu'on apprenne bien à lire et à écrire, tu sais, on n'a pas grand-chose, alors ça, il faut qu'on le prenne pour nous, ils ne nous le donneront pas facilement. Allez, lis, je vais m'endormir. Je l'ai senti un peu triste, comme si pour la première fois je l'excluais de ce que je faisais. J'ai essayé de me rattraper. Tu sais, je les aime bien les histoires que tu me racontes…

Ce soir-là, j'ai lu *Sans famille* jusqu'à avoir mal aux yeux. La première fois que j'ai pleuré, je crois, dans mes souvenirs en tout cas, c'est ce soir-là.

Le lendemain, en allant à l'école, j'ai commencé à raconter l'histoire de Rémi à Sammy.

Au détour du chemin, près de l'étang aux chiens, Célimène nous attendait, plus belle que jamais.

— Salut, les petiots ! Vous êtes en retard, il faut se dépêcher.

— Tu finiras de me la raconter, cette histoire de Rémi !

— Tu devrais la lire, toi aussi, on essayera ensemble !

— Les histoires, moi, je préfère qu'on me les raconte.

On est partis tous les trois sur ce chemin des écoliers que je commençais à aimer plus que tout. On aurait pu marcher longtemps comme ça !

7

La dernière adresse que j'avais de lui, c'était à Tulle, un peu à l'extérieur de la ville. Des petites rues qui montaient et descendaient, une place avec quelques arbres. Sous un abribus, un vieillard au cou enserré dans une minerve attendait ; il m'a fixé d'un regard de fou ou d'enfant. Un gamin s'est approché de moi :

— Monsieur, vous n'auriez pas une cigarette ?

— Tu fumes, toi, tu fumes à ton âge ?

— Il n'y a pas d'âge pour se faire du bien ni pour se faire du mal.

— Tu commences bien, à ce que je vois ! Tu connais le quartier ?

— Oui, j'habite là. Et la cigarette, allez une nuit grave, monsieur, s'il vous plaît…

— Une quoi ?

— Nuit gravement à la santé, vous voyez, je suis au courant.

— Bon, je te la donne, mais je te le redis, c'est pas bon pour un gamin de ton âge, tu ne vas jamais grandir !

— Il vaut mieux fumer des NTB ? Vous savez ce que ça veut dire NTB, nique ton buraliste.

Il a ri. Vous cherchez quoi par ici, monsieur ?

— Mme Fouché, tu connais ?

— Ah, oui, elle est connue !

— Qu'est-ce que tu veux dire ?

— Rien, monsieur, je vous jure. C'est juste la maison qui est là avec la petite barrière.

— Tiens, prends ta clope. Tu connais Sammy ?

— Il n'habite plus ici. Oui, je le connais. Qu'est-ce que vous allez faire chez elle ?

— Je voudrais revoir Sammy, je l'ai connu quand j'avais ton âge, j'essaie de le retrouver.

— Elle l'a fait envoyer chez les dingues. Merci pour la clope. Regardez, là-haut, dans l'arbre, c'est ma cabane. De là-haut, je vois tout bien comme il faut.

Une maison tout ce qu'il y a de plus banal. J'ai sonné. Une musique très forte venait de l'intérieur. Une femme a entrouvert la porte. Ce devait être Jocelyne Fouché. C'est moi qui vous ai téléphoné ce matin. Il fallait montrer patte blanche, elle était derrière sa porte bloquée par une chaîne métallique comme si elle avait peur que j'entre chez elle.

— Bonjour, il est drôle, votre petit voisin.

— Ah, celui-là !

Elle a fini par m'ouvrir. Déjà, au téléphone, elle n'avait pas eu l'air spécialement enthousiaste à l'idée de parler de Sammy. J'avais insisté pour la rencontrer quand même.

— Il passe toutes ses journées dans l'arbre qui est là-bas, il s'y est construit une cabane. Les parents ne s'en occupent jamais. C'est toute une bande de rejetés. Lui, c'est le rejeté de la bande. L'autre jour, ils lui ont balancé un caillou. Il avait la tête entamée.

Ça n'a pas quinze ans que ça fume déjà comme un pompier. Il ramasse des mégots, fume même les filtres. Il n'est pas méchant, remarquez, il a bon fond.

Elle m'a fait entrer chez elle. Ça faisait fatigué, comme son visage, très maquillé.

— Attendez, je vais aller baisser la radio.

Elle semblait un peu méfiante.

— Comme je vous l'ai dit, Sammy est à l'asile psychiatrique. Ça n'allait plus du tout. Je ne sais pas quand il va sortir et même s'il va sortir. Je ne sais pas trop ce que je peux vous dire d'autre…

— Vous pouvez me donner l'adresse de l'hôpital ? j'ai demandé.

— Vous le connaissez d'où, Sammy ?

— Du foyer de l'enfance… Je suis resté vague.

— Il ne m'a jamais parlé de vous.

— On s'était perdus de vue… pendant pas mal d'années.

Ça sentait le tabac froid et le parfum un peu lourd. Pas beaucoup de meubles, des CD et des magazines qui traînaient un peu partout. Sur les murs, une série d'icônes lumineuses clignotantes, la Vierge Marie, l'Enfant Jésus à l'agneau, des saints en extase, et, étrangement, des photos de bébés découpées dans des magazines. Il y avait aussi d'autres photos, d'elle, plus jeune, posant en souriant devant l'objectif et, sur un canapé, des baigneurs posés les uns à côté des autres.

A un moment, j'ai regardé ses poignets, elle avait des cicatrices. Et plus haut, sur ses bras, des bleus que l'on retrouvait aussi sur ses jambes. Sa voix était rauque, un peu éraillée.

— Restez pas debout, asseyez-vous ! Je vais faire du café, vous en prendrez bien un peu… C'est lui qui est parti. Un jour, je suis rentrée, il avait laissé une lettre sur la table de la cuisine. Après, j'ai appris qu'il était chez les fous. Il allait de plus en plus mal. On s'était connus au café du Rugby. Je suis serveuse. Il travaillait à la déchetterie, il en avait assez, il voulait faire un autre boulot…

Rien que des trucs de merde que j'ai faits toute ma vie, une vie de merde, mais ça va changer.

Au début, oui, il avait la gnaque, la rage, sa vie qui lui avait été volée, il y avait des gens qu'il obligerait à lui donner des explications. Vous savez ce qui lui était arrivé quand il était gosse… Ils nous ont détruits, arraché notre vie, notre enfance… Il était même allé voir un avocat… Mais il parlait, il parlait et, pour ce qui était de mener les choses jusqu'au bout, toujours été son problème. Comme pour son frère, à un moment, il voulait le retrouver, il a commencé à faire des recherches et puis il a abandonné, du jour au lendemain, il n'en a plus jamais parlé.

Au début qu'on se connaissait, ce n'était pas pareil. On n'était pas mal ensemble. Il était plutôt gentil. Pas tout refermé au-dedans comme après !

Et son chien, il y tenait à son chien. Des heures, il lui parlait. Il faut dire qu'il n'a pas eu de chance avec les femmes. Sa première l'a quitté emmenant avec elle les enfants et tout le mobilier du nid d'amour qu'il avait construit pour eux et en lui laissant des dettes. Des années à les payer ! La seconde lui a offert un jour ce chien, Roméo, un beau cadeau, en lui disant qu'elle s'en allait et que, comme cela, il ne serait pas tout à fait seul.

— Et il est où maintenant le chien ?

— Parti avec lui, il n'allait pas le laisser ! Des heures à jouer avec lui… Comme au cirque. Là, comme au cirque. Est-ce que tu vas sauter comme au cirque, la bête ? Il lui parlait plus qu'à moi !

Au début, il voulait mettre de l'argent de côté. Il n'arrivait pas à rester longtemps à la même place. A un moment, il ne pouvait plus. L'argent, ça lui aurait servi à faire un voyage à la Réunion. Avec moi, il m'avait proposé. Ça ne s'est jamais fait. Ça lui tenait pourtant à cœur, ça !

Le dernier travail qu'il a fait, c'était chez un rosiériste. Il rentrait, il avait les mains couvertes de piqûres d'épines. Le type lui a fait une réflexion, comme quoi ça n'allait pas assez vite. C'est pas le rythme des îles, ou un truc dans ce genre. J'étais courbé depuis le matin, avec ces saletés de piqûres sur la main, je n'ai pas pu tenir, je me suis relevé, je me suis mis debout et je l'ai attrapé à la gorge, et je lui ai dit : Ouvre encore ta gueule, saloperie d'exploiteur, allez, vas-y, parle-moi encore comme ça, je vais te les faire rentrer dans la gorge, tes mots.

Après, il n'a plus cherché. De toute façon, il commençait à avoir une réputation… J'ai travaillé des années, depuis que l'on m'a amené ici, dans ce pays où les gens ont le cœur gelé, je préfère crever que continuer.

Il ne sortait plus, des jours entiers à écouter, à marmonner, avec des cris tout à coup, et même à moi, il ne voulait plus rien dire, ou alors des longues phrases incompréhensibles…

J'essayais de suivre ce qu'elle me disait, j'ai regardé par la fenêtre, des plantes mortes, desséchées, mon regard s'est posé sur deux Bambi en terre cuite, les pattes enfoncées dans la terre caillouteuse, comme s'ils étaient là depuis le plus loin des temps ; une balançoire et un petit tourniquet rouillé évoquaient la présence passée d'un enfant. Je ne lui ai rien demandé.

… Il parlait tout seul dans la rue, courait après des ombres, souvent restait des heures sans plus rien dire. C'est pas que je sois facile, moi non plus, mais j'en pouvais plus. Il était vraiment tout seul dans sa tête. Jusqu'à ce jour où il est parti pour de bon. Je voulais aller le voir à l'hôpital. Je n'ai pas encore trouvé le moyen et puis je n'ai pas de voiture. Il faudrait que quelqu'un m'emmène. J'ai essayé de l'appeler au téléphone, il ne voulait pas parler, ça ne m'a pas non plus donné envie d'y aller. Moi aussi, j'ai été placée, je comprends, j'aurais voulu l'aider, mais à un moment je me suis rendu compte que je ne pouvais plus, il était passé ailleurs.

— Vous pourriez me donner l'adresse de l'hôpital ?

— Oui, bien sûr, c'est facile de dire que je l'ai laissé tomber. C'est vrai qu'à un moment, il me faisait peur, je n'arrivais plus à être seule avec lui.

Elle a apporté une cafetière, deux tasses douteuses et dans une petite pomme rouge en plastique, en vrac, toutes sortes de sucres ; il y avait ces fameux sucres candis qui faisaient penser à de petits cailloux, un jour, on s'était amusés à m'en faire avaler en disant qu'ils allaient rester dans mon ventre comme les pierres dans le ventre du loup du Petit Chaperon Rouge, je n'osais pas boire le café qu'elle avait versé dans la tasse ébréchée et un peu sale, vous voulez du lait, dans un petit pot blanc cassé une peau épaisse et fripée flottait sur le lait, non, ça ira, merci beaucoup, j'ai serré les dents et me suis forcé à avaler le contenu de ma tasse avec des haut-le-cœur que je tentais de dissimuler.

— Vous voulez des petits gâteaux, j'en ai des très bons, des crêpes dentelle que j'ai achetées au Casino.

— Non, non, vraiment, merci, je viens de manger…

— D'où je viens, pourtant, je peux comprendre beaucoup de choses, je suis allée en prison, le tatouage là, c'est de cette époque, mais je pouvais plus rien faire pour lui. Juste après ma majorité ça s'est passé et j'ai volé, j'ai pillé, avant j'ai essayé de respecter ma famille, même si c'était une famille nourricière. J'aurais aimé chanter, au début qu'on se connaissait, il n'arrêtait pas de me dire : Il faut que tu réalises ton rêve, ça s'apprend et en même temps ça ne s'apprend pas, comme quand on aime, on est là et on dit les mots qu'il faut comme il faut. Vous voulez boire quelque chose ? Moi, j'ai soif ! Il trouvait que je buvais trop et au début il était jaloux des autres hommes. Après, il avait l'air de s'en foutre complètement ! Voilà, c'est là qu'il est, c'est écrit là ! Je ne sais pas s'il voudra vous voir, si vous y allez, dites-lui que je vais venir un jour, il faut que je trouve un peu le temps, que je trouve une voiture, quelqu'un pour m'emmener là-bas. Je ne l'ai pas laissé tomber, pas un seul jour où je ne pense pas à lui, mais qu'est-ce que vous voulez y faire ?

Des coups répétés frappés à la porte. Des amis, dit-elle, gênée !

— De toute façon, je vais partir.

Elle est allée ouvrir. Deux hommes sont entrés. Un, crâne rasé, en tenue de cuir noir, boucle à l'oreille, et l'autre en treillis et tatoué un peu partout. Tiens, il y a déjà du monde ? C'est qui lui ? J'ai amené des merguez, et moi, a dit l'autre, je me suis chargé du liquide. Qu'est-ce que tu nous offres, Joce ? Une vieille connaissance de Sammy. Il venait prendre de ses nouvelles. Si vous voulez, j'ai une petite prune… Crâne Rasé qui s'appelait Bob a ricané, là où il est maintenant, le Sammy, il en a plus grand-chose à foutre qu'on s'intéresse à lui. Allez, qu'est-ce que t'attends pour nous la servir, cette gnôle ? L'autre, c'était Bernard, oui, des queues marinettes, des queues marinettes, et il s'est mis à rire. Elle est où, cette gnôle ?

— C'est vrai que c'est un sacré dingue, Sammy, a rajouté Bob.

Il y a eu un silence, les deux me dévisageaient, elle s'est levée, est allée chercher la bouteille, avec à l'intérieur baignant dans l'alcool quelque chose qui ressemblait à une prune violacée, et elle a pris des verres dans le buffet…

— Ne parlez pas de lui comme ça, a dit Jocelyne, on dirait qu'il est mort.

— C'est un peu tout comme, faut bien le dire, et vous le cherchez pourquoi ?

— C'est un ami d'enfance, a précisé Jocelyne. Tu m'avais dit que tu m'emmènerais le voir, Bob, tu me l'avais bien dit ? Il faudrait qu'on y aille un de ces jours.

— Ce serait peut-être mieux pour lui, je dirais, moi, a appuyé l'autre.

— Bon, moi, je ne vais pas traîner, j'ai dit, j'ai pris le papier où elle avait écrit l'adresse, et j'ai mis ma veste.

— Vous n'en prenez pas une petite goutte ?

— Non, ça ira, merci, il faut que j'y aille.

— Oui, on ira bien le voir, ton Sammy… Tu veux pas rester avec nous ? m'a proposé Bob, en avalant cul sec son verre. Ce soir, on va bien s'amuser…

— On va faire une java, mais alors une java, vous ne la connaissez pas Joce, avec elle on ne s'ennuie pas.

— C'est une fameuse dévergondée de la vie, Joce, a insisté l'autre, en écho.

Elle a avalé son verre de prune, elle m'a regardé un peu gênée, elle a souri.

Bernard s'est mis à chanter d'une voix stridente : Clic-clac, Kodak, avec les pompons, avec les pompons, avec les pompiers. Les ramoneurs et les pompiers, c'est les travailleurs qu'elle préfère, Joce, hein, Joce, et vous savez pourquoi les ramoneurs ? Parce qu'ils ramonent la cheminée et brossent le hérisson, il s'étranglait de rire. Et les pompiers, il faut que je vous fasse un dessin ? Ce type était vraiment malsain.

— Bon, je vais y aller.

Je commençais à me sentir pas trop bien avec eux. Bernard, surtout, avec son rire, me mettait mal à l'aise.

— Tu ne sais pas ce que tu perds… Joce, c'est une bonne !

— Elle a pas mal d'heures de vol, mais c'est un bon petit poulet de grain. Et en plus elle chante, elle a de la voix…

Bob lui a mis la main sous la jupe, l'a relevée, il avait les doigts dans son string, "elle est déjà toute mouillée, clic clac Kodak, c'est pas joli à voir, ça ? allez, donne-moi donc une 16, on va pas s'embêter ce soir".

J'ai ouvert la porte, ils riaient tous les trois, salut, j'ai fait, bonne soirée, au plaisir, m'a dit Bob, et Bernard a ajouté : Si tu as des remords, n'hésite pas, quand il y en a pour deux, il y en a pour trois, et il s'est étranglé de rire. Jocelyne ne disait trop rien. Elle est venue fermer la porte.

"Faut bien s'amuser un peu ! faut bien s'amuser ! Dites-lui que je viendrai… Faut pas me juger, hein, faut pas me juger !" Je ne lui ai pas répondu.

Dehors, la nuit était tombée. Le gamin sifflait dans l'arbre. Je lui ai fait un signe de la main. Si vous revoyez Sammy, dites-lui que je pense bien à lui, vous lui direz, c'est Pierrot, il me connaît, d'accord, j'ai fait et je suis reparti à pied vers le centre de la ville. En marchant, j'ai essayé d'imaginer à quoi pouvait bien ressembler Sammy maintenant. Chez Jocelyne il y avait beaucoup de photos accrochées au mur, toutes ces poupées, à quoi ça pouvait renvoyer pour elle ? Les baigneurs en enfilade sur le canapé m'avaient mis particulièrement mal à l'aise. Mais de photos de lui, apparemment aucune. Je n'étais même pas sûr de le reconnaître, si je le rencontrais.

8

Je marchais quand une voiture a klaxonné et s'est arrêtée. C'étaient Bob et Bernard. Finalement, on va faire un tour. On va se faire une virée, elle n'arrêtait pas de pleurnicher, cette grosse conne de Jocelyne. C'est toi qui lui as collé le bourdon avec son Sammy. Elle n'a qu'à crever avec ses souvenirs ! Allez, viens, on t'emmène ! Non, je ne suis pas très loin, je vais continuer à pied. Puisqu'on te dit qu'on t'emmène, a repris Bob. On va aller boire un coup ensemble. Il a ouvert la porte arrière, je suis monté. T'es à quel hôtel ?

— L'hôtel de la Gare. Le premier sur lequel je suis tombé.

— C'est sûr que ce n'est pas ce qu'il y a de mieux. On va se boire un coup au Penalty. Ton pote, il y allait souvent, il était connu là-bas pour en sortir plus souvent qu'à son tour à quatre pattes.

Dans la voiture, la musique battait son plein. Les basses pulsaient à vous déchirer les oreilles. Bob poussait des hurlements qui s'achevaient en un drôle de rire. Tu viens d'où, toi, tu viens d'où ? On sait pas qui c'est, c'est vrai qu'on sait pas qui c'est ! Tu venais tirer un petit coup avec la mère Joce, hein ? Bernard s'étranglait de rire. Claquer un peu ta queue sur son cul, oh le salaud, il voulait se la queuter tranquille et il y a ces deux-là qui se ramènent. Il y a pas de honte, elle est là pour ça !

— Allez, viens mon bébé, on va aller te faire découvrir la vie, de Bretagne, il vient de Bretagne…

Bob a commencé à fredonner : C'est la mère Machin qui a perdu son chat…

Elle n'a pas perdu sa chatte, à ce que je sais, a commenté Bernard.

Bob a enchaîné sur les chapeaux ronds des Bretons.

Dans la campagne, on s'est retrouvés près d'un bar, avec des petits néons bleus au-dessus de la porte. On était arrivés au Penalty.

On a sonné. On a descendu les escaliers. Un type aux cheveux gominés est venu nous ouvrir. Ah, entrez, il est avec vous ? Avec qui veux-tu donc qu'il soit ?

En bas, ils ont fait les présentations.

C'est Dédé les mains jointes à cause qu'il se fit enchrister plus d'une fois par ces messieurs de la grande maison et qu'on lui passa les pinces plus souvent qu'à son tour.

— Ah, oui, et à qui donc ai-je l'honneur ? a demandé le gros derrière le bar.

— C'est un pote de Sammy, on l'a rencontré chez Joce.

— Un pote à Sammy, il vient de chez les dingues ?

Je me demandais ce que je faisais là, allez c'est ma tournée, longtemps que je n'avais pas bu, ce n'était pas recommandé avec les médicaments que je prenais, mais je ne voyais pas ce que je pouvais faire d'autre ici.

On a bu quelques verres. Qu'est-ce que vous attendez pour descendre ? a demandé Dédé. C'est vrai que c'est pas plus cher, a commenté Bob. Allez, le Breton, on te suit.

L'escalier était minuscule. En bas, des couloirs sombres. J'entendais des cris qui venaient d'une pièce à côté. J'avais envie de remonter, mais j'avais les deux derrière moi qui me poussaient presque. Un femme qui gueulait, de jouissance ou de douleur, je ne savais pas trop, mais ça me mettait mal. Allez avance, qu'est-ce que tu attends ? m'a demandé Bernard.

J'ai essayé de voir ce qui se passait dans une petite pièce voûtée d'où venaient les bruits, des rires et des cris. Une femme était allongée sur une table. Elle gémissait, criait parfois, pendant qu'un la besognait et que les hommes tout autour se branlaient à la sauvage. Criait et criait qu'elle en voulait encore, qu'elle en voulait plus. Salope, t'aimes ça ! Hein, salope, t'aimes ça !

Elle est sur le dos, jambes en l'air, sur son visage le sperme coule, ses seins malaxés par des mains furieuses.

Elle va aboyer la chienne, il lui faut des queues. Elle s'est agenouillée, la tête sur le côté, un autre type était sur elle, il lui agrippait les seins. J'ai regardé son visage quand son regard partait, les yeux qui devenaient blancs, on aurait dit, le visage renversé en arrière, elle agrippait de ses mains la table sur laquelle elle était allongée, la tête tout contre, dans un mouvement d'abandon tout à coup, sanglotant, et l'homme donnant de derniers grands coups dans son ventre, puis la flattant comme une bête allongée dans l'abandon.

J'étais écœuré et je ne pouvais détacher mon regard.

Ils la soulevaient comme un morceau de viande, elle gémissait, pendant qu'ils se branlaient sur elle, le visage recouvert de sperme, elle fermait les yeux, extatique.

Mes yeux ne pouvaient décoller de l'image, à côté de moi Bob et Bernard me parlaient tout près. Si tu veux y aller, surtout, ne te gêne pas…

La première fois que j'avais fait l'amour avec une femme, j'avais eu envie de serrer mes mains autour de son cou, qu'elle ne bouge plus, qu'elle reste ainsi dans l'éternité de cet instant, et puis aussi la serrer chaude, la garder chaude contre moi, je ne savais pas trop...

Qu'une femme me prenne dans ses bras, me touche, j'ai failli crier, je croyais que ce n'était pas possible tant de douceur.

Là, dans cette cave, je sentais la solitude des bêtes qui jouissent les unes des autres, les unes sur les autres, comme si on était faits de petits morceaux de corps qui peuvent s'échanger, mais jamais d'un seul corps qui en rencontre un autre, totalement, dans un regard et une étreinte. J'aurais voulu crier mon dégoût et en même temps je restais fasciné, fixé aux images sous mes yeux. Du temps avait passé. Bob et Bernard n'étaient plus là. Je suis remonté.

En haut, je titubais, je ne savais pas pourquoi, quelqu'un hurlait et avait cassé une bouteille, le goulot à la main, il menaçait, il l'a porté à la gorge de Bob qui gueulait et chantait : Vas-y, vas-y, saigne-moi si tu veux, c'est la mère Michel, c'est la mère Michel, vas-y saigne, un grand coup de pied et il a envoyé son agresseur par terre, et il frappait tant qu'il pouvait à coups de pied et l'autre qui gueulait en dégueulant ses tripes et son âme.

Il fallait que je sorte d'ici et vite. Le patron a sauté sur Bob, mais t'es dingue ou quoi, tu veux le tuer ! Bernard pendant ce temps a sorti un couteau, qu'il y en ait un qui touche mon pote, il va la comprendre sa douleur, laisse, Bernard, a dit le patron, on va le foutre dehors ce connard, mais dis à ton copain de le laisser, allez toi, tire-toi et que je te voie plus, si tu sais pas te tenir, tu remets pas les pieds ici.

La fille était remontée, les seins nus, elle buvait un verre au bar, Bob s'est approché d'elle, alors, c'était chaud ce soir ?

Elle n'a pas répondu. Tu t'appelles comment, je ne t'avais jamais vue ici ?

— Jessica, je ne viens pas souvent.

— Ah, dis donc, tu te rattrapes quand tu viens…

— Quand est-ce que vous m'amenez Joce, a demandé Dédé, cette sacrée Joce, quand elle se donne la peine, elle est rare celle-là, tu bois quelque chose, Jessica ?

— Vous pouvez me ramener ?

— Où tu vas ?

— Où vous me ramenez, j'habite à Naussargues !

— C'est pas loin, en voiture, on n'est pas obligés de rentrer tout de suite.

— C'est comme vous voulez.

— Allez, salut, Dédé, à la prochaine !

— Vous venez avec Joce un de ces soirs, c'est sûr, elle nous manque, celle-là…

On est sortis. C'est là que je me suis aperçu que Jessica boitait. Je ne sais pas si Bob et Bernard s'en étaient rendu compte. Ils n'ont pas fait de commentaires.

— Tu n'es pas trop bourré, tu peux conduire, Bob ?

— Ça va aller, Bernard !

— Putain, mais cette clé de contact, qu'est-ce que tu fous avec, tu veux que je prenne le volant ?

— Non, Bernard, et tu me parles comment, toi ? Tu me prends pour qui ? Je vais conduire, et il n'y a pas de problèmes.

Dans la voiture, je leur ai demandé s'ils repassaient à Tulle et s'ils pouvaient me déposer là-bas. Bob a ouvert la boîte à gants et a pris ce qui ressemblait à un sein rond en plastique gélatineux qu'il a commencé à malaxer en fixant Jessica dans le rétroviseur. Mon antistress, il a ri. Le truc qu'il faisait claquer dans sa main de plus en plus vite prenait des formes monstrueuses et improbables.

Jessica m'a regardé. Vous voulez me baiser tous les trois ?

— J'aimerais rentrer. Je suis fatigué.

— Toi, le Breton, tu ne joues pas les lâcheurs, quand on part en virée on va jusqu'au bout.

Je me demandais comment je pouvais sortir de cette histoire.

— On retourne chez Joce ou on fait ça dans la voiture ?

— C'est qui Joce ? a demandé Jessica.

— Une petite salope comme toi.

— On n'a qu'à s'arrêter un moment et après on y va, a transigé Bernard.

Je n'avais plus qu'une envie, laisser tomber le plus vite possible. Jessica m'a mis la main au sexe. Tu as l'air tendu, mais pas forcément là où il faudrait, allez, détends-toi ! Elle s'est approchée de moi, elle sentait le parfum, très fort, elle était belle, j'avais envie d'elle tout à coup, mais comme ça, non, je ne pouvais pas. Tu nous en laisses un peu, hein, a dit Bob. Son visage était tout près. Elle a défait mon pantalon, tout en me caressant. Je me suis vu de l'extérieur, mais qu'est-ce que tu es en train de faire ? Elle l'avait prise dans sa bouche, et ses cheveux défaits montaient et descendaient. Ça a l'air d'être une bonne pipeuse, commentait Bernard ou Bob. Je me retenais pour ne pas crier. Je caressais ses cheveux et en descendant plus bas ses seins. Elle a tendu sa croupe en direction de Bob qui a commencé à la caresser. J'avais l'impression que j'allais crier, je vais venir, je vais venir, elle a accéléré le mouvement de va-et-vient, j'ai essayé de la repousser pour ne pas venir dans sa bouche, mais elle ne voulait pas me laisser partir, je gémissais,

Bob avait relevé sa jupe, la caressait en rentrant tous ses doigts à l'intérieur.

Bernard avait sorti une capote et l'a passée à Bob. Allez descends, elle m'a laissé pantalon défait, elle est descendue, on était en pleine forêt, elle s'est accroupie tout ouverte, Bob l'a attrapée et l'a pénétrée sauvagement pendant que Bernard lui tendait son sexe à sucer. Je voyais ces ombres et la chair blanche, ses seins défaits que Bob serrait violemment. Ils la prenaient sans ménagement et elle les encourageait en criant, oui, venez, défoncez-moi...

Moi, j'étais toujours assis à l'arrière de la voiture, un peu terrifié par la sauvagerie de la scène. Quand ils ont eu fini, ils sont remontés dans la voiture en se rajustant. Bernard a repris le volant. A l'arrière, Jessica a mis sa tête sur mon épaule, et ça m'a touché, ce geste. J'ai eu envie de lui prendre la main, mais je me suis dit que ce serait un peu ridicule, vu le contexte. On va chez Joce ? a demandé Bernard, non, ramenez-moi, a demandé Jessica, t'es sûre, oui, allez, on va pas se séparer comme ça, un dernier verre chez Joce, bon, a dit Jessica, mais ça ne traîne pas, t'inquiète pas, Bob se voulait rassurant et poète, il l'a appelée ma colombe.

— On n'est pas loin de chez Joce, là.

— Je vais vous laisser, je vais descendre là, à pied, je n'en ai pas pour longtemps.

Jessica m'a un peu serré, dommage, je t'aimais bien, toi !

— Bon, tu n'as qu'à y aller !

— A la prochaine, le Breton, et bien le bonjour à Sammy.

— Il ne lui a pas fait que du bien à Joce, dis-lui qu'il revienne pas, cette fois elle tiendrait pas... oui, qu'il reste où il est, ça sera bien pour tout le monde.

Sans répondre, je suis descendu de la voiture qui est repartie très vite. Jessica m'avait déposé un petit baiser sur la joue. J'étais fatigué, et je ne comprenais pas trop comment je m'étais retrouvé dans tout ça. J'ai marché longtemps jusqu'à l'hôtel de la Gare. Je me suis effondré sur le lit.

Quand je me suis réveillé, je rêvais qu'une fille m'embrassait sur tout le corps et les traces de son rouge devenaient des marques et des plaies. Je n'étais pas trop fier de ma nuit, de ce qui m'en restait.

J'avais plutôt envie de l'oublier.

9

Le père Landry ne supportait pas nos arrêts, pourtant rapides, chez Etienne. Il fulminait sans cesse contre ce bon à rien de prof qui n'en foutait pas une et passait son temps à juger les autres. Il était toujours en train de gueuler sur quelque chose. Sa femme se contentait de commentaires et proverbes du genre "Les discours font les jours courts". Les enfants, eux, ne disaient trop rien. C'est sur nous deux, le plus souvent, que Landry passait ses nerfs.

Il se disait que sous peu l'hiver allait toucher à sa fin, il était de plus en plus furieux qu'on aille perdre notre temps à l'école. La semonce de l'assistante sociale était déjà loin. Ils ont bien de ces idées ceux-là, vouloir vous maintenir à l'école, des feignants, faudrait qu'ils viennent voir ça d'un peu près ce que c'est que le travail. Entre le père de Célimène et Mme Maurin, il s'était trouvé deux bêtes noires, deux objets de haine bien solide et ressassée. Les feignants qui ne foutaient rien puisqu'ils ne travaillaient pas la terre. Il lui venait, comme ça, en travaillant, des soliloques rageurs et furieux contre ceux qui n'avaient jamais rien fait de leurs dix doigts, les bons à pas grand-chose, qui se permettaient, en plus, de juger et de vous prendre de haut. Quand ça lui venait, il ne pouvait plus s'arrêter, enchaînait questions et réponses.

On était son public, il ne nous demandait même pas d'approuver. Il s'adressait tout de même à nous, nous prenait à témoin… On n'écoutait plus vraiment… On connaissait la chanson…

Dans un village pas loin d'ici, nous avait raconté Célimène, une fille avait été vendue avec tout le matériel de la ferme, elle faisait la cuisine, le ménage, sans compter le reste, avait-elle dit mystérieuse, tout le monde le savait, ça n'empêchait personne de dormir. Etienne en était ulcéré, le pire c'est qu'on l'emmène de force à l'église le dimanche.

Au moins, nous, on ne risquait rien de ce côté-là, les Landry ne donnant pas dans la calotte.

Un soir où l'on s'était arrêtés un moment, un peu plus long que d'habitude, chez Etienne, on a entendu Landry gueuler dehors, "alors encore à traîner, ça fait un moment qu'on vous attend. Allez, dépêchez-vous, espèces de feignants !" Etienne est sorti. Un peu de calme, s'il vous plaît ! Vous ne pouvez pas les laisser vivre comme des enfants, c'est pas des animaux ni vos commis.

— De quoi vous vous occupez, vous ? Vous y connaissez quelque chose à ce que c'est une ferme, à ce que c'est le travail ?

— Je n'ai même pas envie de discuter avec vous, a dit le père de Célimène, sachez seulement qu'il y a des lois, et que vous ne pouvez pas vous permettre n'importe quoi avec ces gosses… Ils ont le droit d'aller à l'école, et vous touchez de l'argent pour, normalement, vous occuper d'eux… Alors, à votre place, je la fermerais… et je leur laisserais un peu de temps pour vivre comme des enfants…

— Vous n'avez pas à vous mêler de ça… C'est avec un fusil que je viens les chercher la prochaine fois, s'ils traînent encore chez vous…

— Essayez donc… Bon, les enfants, à demain… Ne vous laissez pas faire…

Terrifiés, on a rejoint le vieux, et on l'a suivi sans dire un mot... Il ruminait et grommelait tout au long du chemin...

A moi, plutôt calme, il me venait par moments des bouffées de haine. Je me voyais fuyant cette ferme après y avoir mis le feu, dans les cris animaux et humains mêlés, et les craquements de charpente qui s'effondrent. Ou bien, juste, des cailloux à la main, cassant méthodiquement tous les carreaux avant de prendre le large.

Magali qui était partie vivre pendant une période chez sa mère était de retour. Elle était un peu plus âgée que Célimène et beaucoup moins charmante qu'elle. C'est le rappel de la raison, la raison raisonnante de la famille, avait commenté son père, c'est elle qui m'empêche de faire toutes les bêtises auxquelles je pourrais m'abandonner. Elle avait souvent tendance à faire la leçon et nous parlait d'un ton protecteur, comme si elle s'était adressée à de sympathiques demeurés légers.

A l'école, on se débrouillait un peu mieux, Sammy et moi. Il avait toujours des difficultés avec le parler d'ici, et il avait du mal à se concentrer. Du coup, il restait à sourire, un peu perdu dans son monde à lui. Moi, j'aimais lire, je dévorais tout ce que donnait Etienne. J'aimais apprendre des poésies, et les réciter à haute voix, j'étais fier de faire sonner ces mots et ces phrases dans une langue qui était loin de la mienne, et m'impressionnait. Aujourd'hui encore, je ne sais pourquoi ni comment, il m'en revient des bouts entiers, sitôt dits, sitôt oubliés.

J'aurais aimé, un jour, pouvoir écrire des histoires, avec cette impression que jamais cette langue, la langue des écrivains, belle et bien construite, ne m'appartiendrait, que cela n'avait jamais été la mienne et qu'à tenter de m'y glisser, j'aurais toujours cet air ridicule de celui qui a emprunté un habit de fête trop grand pour lui. Alors je reprenais à voix basse ou à voix haute des bouts de phrases déjà écrites qui me fredonnaient dans la tête et me faisaient tenir debout.

Un soir, Célimène nous a proposé de la rejoindre chez elle, après on pourra aller se promener, il fait moins froid, mais habillez-vous chaudement. Ce n'est pas possible, le père Landry ne voudra jamais.

— Ah, ils sont dégourdis ces deux-là, vous n'allez quand même pas lui demander la permission. Vous allez vous coucher, et hop, ni vu ni connu, vous prenez la clé des champs.

— Ah, la clé des champs, l'expression a fait rire Sammy qui la répétait avec délices.

On est sortis de la grange sur la pointe des pieds, inquiets des aboiements furieux du chien des Landry, Azor (surnommé l'Emplâtre), qui, heureusement, étaient suffisamment habituels pour ne pas porter à conséquence… On marchait tous les deux le long du chemin avec la conscience, plutôt agréable, de faire quelque chose de défendu.

Il faisait tout de même assez froid.

— Tu cailles pas un peu, toi ?

— Si, je caille ! Chut, on arrive…

En bas, assise sur l'escalier, Célimène nous attendait.

— Vous ne vous êtes pas habillés plus ?

— On n'a pas grand-chose d'autre.

— Je reviens.

Elle est allée chercher deux pulls trop grands pour nous.

— Mettez ça, on va aller marcher.

On est passés devant la maison en ruine, abandonnée depuis longtemps et gagnée par les branches et la végétation qui avait fait éclater les pierres. On a suivi Célimène, elle allait vers le petit bois derrière l'étang.

— Il faut que je vous montre quelque chose !

La lune était pleine, on voyait plutôt bien, on serrait tout de même nos lampes électriques dans nos mains, avec un petit creux au ventre de peur et d'interdit, dont bien sûr il était hors de question de parler.

— Vous n'avez pas peur au moins ?

— Non, non, j'ai dit, l'air déterminé, et Sammy a assuré, pour sa part, avoir passé des nuits à marcher dans la campagne la nuit, dans son île, et que c'était autre chose parce que, là-bas, des êtres entre la vie et la mort se promenaient, prêts à entraîner avec eux ceux qui avaient le malheur de les avoir croisés et d'avoir accepté de parler avec eux, ou même de les avoir regardés… Alors, vous pensez bien…

— Suivez-moi, baissez-vous ! On s'est baissés pour passer sous des ronces, juste le temps de quelques griffures, voilà, on y est, c'était une clairière sans arbres, avec une grande lumière. C'est là, personne ne vient jamais jusqu'ici. On entendait des froissements d'herbes et d'arbres, des craquements mystérieux de branches. Ce serait bien qu'ici, ce soit un peu chez nous, on reviendra dans la journée, et on pourra construire une petite cabane. Mon frère en a fait une plus loin, il n'a jamais voulu que j'y entre, celle-ci, ce sera la nôtre. Des restants de neige sur l'herbe, des plaques de givre et le froid qui nous fouettait le sang. On la construira, cette cabane, et ce sera chez nous, on viendra là, et personne ne le saura, c'est un secret, il ne faut pas le trahir, non… C'est comme les mots inscrits sur les arbres, rien ne peut les effacer, a dit Célimène, ils restent à tout jamais gravés dans l'écorce, même les plus bêtes, ceux qui parlent d'amour et de toujours. Elle parlait à mi-voix, peur qu'on l'entende. Tout ce qu'on écrit alors, il faut le penser, c'est une preuve ineffaçable jusqu'à la mort et après. Vous jurez, je le jure, et toi aussi, tu jures ? Oui, je le jure. Il y avait tout à coup dans l'air une gravité inhabituelle comme d'un jeu devenu tellement sérieux qu'il aurait engagé toute une vie et que le moindre manquement en aurait été terriblement sanctionné.

On va rentrer ! On a fait le chemin inverse, toujours aussi transis malgré les pulls prêtés par Célimène. On ne disait plus rien, tous les trois, chacun dans sa tête, on l'imaginait, cette cabane qui serait notre maison secrète. On l'avait trouvé, notre refuge. Un jour, on y dormirait tous les trois.

10

— C'est vous qui voulez voir Sammy ? D'où vous le connaissez ?

Le docteur Perrin semblait intrigué. Vous savez que vous êtes sa première visite.

Il avait demandé à me voir quand j'avais téléphoné aux Charmilles. Une infirmière m'avait conduit jusqu'à son bureau. Et là, j'étais assis en face de lui dans cette grande pièce qui sentait l'encaustique. Un peu intimidé, il faut bien le dire. Un jeune médecin, assez sympathique.

— Il ne parle presque pas, je ne sais pas si vous pourrez entrer en relation avec lui.

— Je le connais de l'enfance, on était placés ensemble dans une famille.

— Vous êtes réunionnais ?

— Non, mais je suis passé par le foyer de l'enfance de Guéret.

— Ah, oui, et vous aviez de bonnes relations avec lui ?

— Je crois, oui. C'était pas facile, la ferme dans laquelle on avait été placés. Pour tenir, il fallait être soudés.

— Comment se fait-il que vous ne l'ayez plus revu ?

— J'avais quitté cette région, je suis allé en Bretagne après mon service militaire.

— Et ça s'est bien passé pour vous ?

— Jusqu'à il y a peu de temps, oui. Je ne pensais plus beaucoup à cette période. Et, depuis quelque temps, c'est revenu et je me suis dit qu'il fallait que je le revoie.

— Je ne sais pas ce que ça va donner mais ça vaut la peine d'essayer. S'il ne veut pas vous parler, ne le prenez pas mal. Pas sûr qu'il vous reconnaisse ou qu'il vous associe à cette période. On a du mal à savoir où il en est. On lui a laissé son chien, ce qui est exceptionnel et peu réglementaire, mais cela semblait être le seul lien qu'il avait avec le monde extérieur. Le seul être auquel il parle. On va vous conduire. Si vous voulez bien, je vous verrai après…

J'ai suivi l'infirmière à travers les couloirs.

Elle a frappé à la porte d'une chambre. On n'a rien entendu, mais elle est entrée. Un lit et un fauteuil. C'était petit, la fenêtre, grande ouverte, donnait sur les branches d'un arbre. Il était assis dans le fauteuil, une couverture grise sur ses genoux. Il n'a pas bougé. Je voyais à peine son visage, à contre-jour. Un chien, dans ses bras, frémissait, aboyait à petits cris, on aurait dit sanglotait. Il le berçait en lui parlant doucement. Calme, calme, Roméo. L'infirmière a bien insisté sur chaque mot : "Sammy, il y a un ami à vous qui vient vous voir." Elle s'est retournée vers moi. Je vous laisse avec lui. N'hésitez pas à m'appeler, s'il y a un problème, je suis à l'étage. Elle est sortie. J'étais seul dans la chambre, face à Sammy, qui continuait à parler à voix basse à son chien. Je ne crois pas que je l'aurais reconnu. Ce qui d'une certaine façon était assez logique…

J'ai tenté un "bonjour, Sammy, tu me reconnais, c'est Léonard, tu vois qui je suis ?" mais il n'a pas répondu.

J'ai attendu un moment. Je me suis approché. J'avais l'impression qu'il ne me voyait pas. "Hé,

Sammy, c'est moi, ça fait un bout de temps, hein !" Je ne pouvais pas supporter l'idée qu'il ne me reconnaisse vraiment pas. Je ne savais plus trop quoi faire. Je n'allais tout de même pas repartir comme ça. "La dernière fois qu'on s'est vus, c'était là-bas aux Manissiers, chez les Landry, tu te souviens de moi, quand même, la ferme, le chien là-bas, Azor qu'ils appelaient aussi «l'Emplâtre», on a eu froid, on a eu faim, on s'est échappés tous les deux, merde, Sammy, tu peux pas avoir oublié tout ça, je suis venu de loin pour te retrouver, tu me reconnais, Sammy ?" Je devenais implorant, j'ai cru que j'allais fondre en larmes. Putain, mais réponds-moi, à moi tu peux bien répondre, j'ai failli lui crier…

J'ai sorti la photo que je gardais de nous deux, une photo qu'avait faite Etienne, un jour là-bas devant leur maison, et dont il nous avait donné un exemplaire à chacun. Célimène souriait entre nous deux. Tu nous reconnais là-dessus ? Tu nous reconnais ?

Il s'est retourné vers moi en souriant. Pas la peine de parler si fort ! Tu parles que je te reconnais ! Je t'ai tout de suite reconnu quand tu es entré dans la pièce. Pourtant, c'est vrai que tu as un peu changé ! Toi, quand je te regarde de plus près, pas tant que ça !

Tu as apporté quelque chose ? Il a faim, il n'a plus rien. Il m'a souri. Il a faim, tu sais. Roméo, il s'appelle Roméo.

— Non, je n'ai rien apporté. Tu veux qu'on essaye de lui trouver quelque chose ? On va aller dans le parc. Oui, et on va passer à la machine à café. Le café est dégueulasse, mais ça tient chaud.

On serrait nos gobelets plastique brûlants dans nos mains. Comment tu as fait pour arriver jusqu'ici ? J'ai décidé à un moment de te retrouver. Et comment ça t'a pris ? Il n'y a pas de raison, j'ai arrêté mon boulot à un moment, je vais changer de vie, et j'ai eu envie de revenir en arrière, et puis je crois aussi que, pendant toutes ces années, tu m'as manqué et je ne me le disais pas, je ne m'en rendais pas compte, mais maintenant, ça me paraît évident…

Il a vraiment un goût dégueulasse ce café ! Tu sens l'odeur ici ! un mélange de nourriture et de désinfectant… Je ne voulais pas lui parler tout de suite de la prison, j'aurais pu lui dire que cette odeur-là, je la connaissais bien… Tu as vu le psychiatre ? il est sympa… mais il est encore bien jeune… Ça ne te le fait jamais, toi, cette impression que tout est joué, que tout est fini, que l'on peut bien se débattre, c'est pour la forme, parce qu'on sait bien, en fait, que ça n'a plus beaucoup d'importance. Certains jours, je me demande si je ne suis pas déjà mort depuis un bout de temps, et que je m'oblige à me survivre, tu vois ce que je veux dire, oui, je vois bien, c'est des trucs auxquels je pense aussi… T'as quelqu'un toi, dans ta vie, oui, une femme qui a une belle mentalité, je l'aime vraiment, mais ça n'entre pas en ligne de compte, il y a un épuisement, j'ai eu aussi quatre enfants, je ne les vois pas souvent, mais ça a été important, même si je crois que je n'ai jamais su bien y faire… Moi deux, seulement… Je ne les vois plus… j'aimerais bien des moments, mais c'est trop compliqué, alors, j'essaye de ne pas y penser ! Tu veux qu'on aille à la cafèt', c'est de l'autre côté de la cour ?… Si tu veux…

Dans la cour, on marchait tous les deux, le chien dans ses bras. On a croisé l'infirmière qui nous a regardés passer. La cafétéria faisait très fonctionnelle avec une touche juste ce qu'il faut de couleur et de gaieté.

On va aller s'asseoir là-bas. Un vieux avec un mégot éteint qu'il mâchonnait était assis à la table à côté. On s'est installés près de lui. Il n'a pas bougé. Il faut que je lui trouve quelque chose à manger. Il s'est levé. Il est sorti. Je suis resté à attendre à la table, à côté du mâchonneur muet et immobile.

Il est revenu, son chien dans les bras.

— C'est bon, il y aura quelque chose pour lui tout à l'heure…

Il s'est assis à côté de moi, on est restés sans parler un long moment.

— Tu me remets vraiment ? Tu es bien sûr que tu ne confonds pas avec quelqu'un d'autre ? j'ai tenté au bout d'un moment.

Il s'est mis à rire.

— Je crois bien que je vois un peu qui tu es. Ce qui m'étonne, c'est que tu aies eu l'idée de venir jusqu'ici. Et que tu aies trouvé ! Je pensais que tout le monde avait oublié où j'étais.

— Tu vois bien que non ! On a beau faire, il reste toujours des traces !

— Petit malin ! Je te reconnais bien là ! Je sais que c'est toi, mais tu ne ressembles pas du tout à l'idée que j'avais de toi…

J'ai mis ma main sur son bras. Dis donc, ça fait un bail…

Le chien sommeillait. On tournait autour du pot. On tournait autour de l'autre, un peu maladroits et gênés.

— Il y a longtemps qu'on aurait dû se revoir !

— Je ne sais pas, si on ne s'est pas revus, il y avait bien une raison, tu ne crois pas ?

— Oui, peut-être, en tout cas je suis content qu'on se retrouve !

— Moi, je ne sais pas trop quoi en dire ni en penser ! Tu sais, ce n'est pas contre toi, mais je ne suis pas si mal que ça ici, je me suis habitué à ce que plus rien n'arrive, je me suis habitué à être juste avec moi, juste ce qu'il faut serré contre moi, contre Roméo, et toi, là, tu te pointes… je ne sais pas si c'est une bonne chose… En tout cas, bon, tu es là ! mais n'en profite pas pour me faire la morale ou me donner des conseils… et n'essaye pas de m'avoir avec des sentiments, et patali et patala… Sois là, simplement, et c'est déjà pas mal…

11

C'est toi, alors, Léonard ? J'avais fait une croix sur toi, comme sur beaucoup d'autres, êtres ou choses. Qu'est-ce que tu viens chercher par ici, tu as eu envie de remuer les fantômes ? Qu'est-ce que tu viens chercher, vieux frère ?

Des oiseaux que je laisse mourir sous ma chemise, qui meurent à petit feu en m'arrachant le cœur.

Ça ressemble à une histoire que me racontait un certain Léonard aujourd'hui de retour !

Trop facile de revenir comme si de rien n'était. On s'est fait avoir du départ, vieux frère, mon petit yab !

Aboie, aboie, chien la mort, chien du dedans qui remues dans mon ventre, aboie donc encore, et fais-toi bien les griffes. La lune glisse doucement entre les branches. La lune là-bas, énorme, quand je la fixais, et oncle Cab disait que, si elle était si grosse, c'est qu'elle se rapprochait de la terre, et qu'un jour, elle n'en ferait qu'une bouchée. La nuit où est mort oncle Cab, j'ai regardé dans le ciel, c'était une nuit sans lune, de cela je suis sûr. Et un chien, dans la campagne, ça je me souviens, a aboyé toute la nuit à la mort.

Et fais-toi bien les griffes, c'est toi qui cries pour moi maintenant, maintenant que ma gueule est fermée et bien close, j'ai si froid depuis si longtemps que même la chaleur de la brûlerie n'a jamais pu me réchauffer tout à fait.

Depuis que sous la couverture où nous étions blottis tous les deux, mon frère et moi, depuis qu'au matin, on nous a arraché cette couverture kaki, j'ai encore ton souffle sur mon visage et le mien sur le tien, ne me laisse pas seul, il fait tellement froid ici, toujours froid, on nous a arrachés à l'été pour une saison glacée qui n'en finit jamais, de cette neige qui me danse devant les yeux pour la première fois, il y a le blanc du ciel qui tombe à petits flocons qui dansent devant nos yeux, s'enfuient quand on les attrape, douceur de quand ça vient s'écraser sur l'œil.

Qu'est-ce que tu viens chercher, Léonard, qu'est-ce que tu viens traîner par ici ?

Une neige frôle mon visage, papillon de froid qui glisse sur mon visage, caresse mes yeux, je tourne ma tête vers le ciel, de là où viennent ces flocons. Cette première fois de neige, je parle au ciel, je parle à tout ce qui est autour de moi, à tout ce qui me fait signe, seuls les humains se sont absentés, la première nuit où je suis parti seul, j'avais si peur des arbres et des ombres que je croyais distinguer un peu partout des formes menaçantes, mais il fallait que je tienne bon et que j'aille jusqu'au bout.

Les humains ont déserté, et le ciel, j'ai beau lever la tête et la tourner vers lui, il reste muet.

Sur ces chemins creux, la bise souffle par rafales, le froid entre sous les vêtements et glace les os.

Ici, j'ai froid depuis toujours. J'ai beau souffler sur mes doigts, j'ai beau me recouvrir de couches de vêtements, quand le froid vous a pris les os, il ne vous quitte plus. Le vent fait craquer les branches des arbres du chemin. Plus que ses doigts pour y souffler dessus. Plus que nos yeux pour pleurer, disait oncle Cab, quand on allait se promener sur le chemin des hauts, et après on dévalait les pentes jusqu'à la mer pour aller s'y jeter, le corps tout léger, méfie-toi donc des requins, un jour tu seras mangé tout cru, des pieds à la tête. Rien de toi, il ne restera rien de toi. Tu as déjà vu comment ils ne font qu'une bouchée des chiens d'appât quand on les pêche ?

Son pain blanc, on l'a toujours mangé bien trop tôt, disait aussi oncle Cab. Avec les paroles, le jus de chique lui coulait de la bouche. Quand le père l'est parti, la mère est restée triste longtemps. Avait du mal à se lever et à faire comme si on existait encore. On lui rappelait trop de qui on venait. Elle ne voulait plus qu'on dise son nom ou quoi que ce soit de lui. Pareil que si l'était mort. Et peut-être même qu'il aurait mieux valu. Oncle Cab m'emmenait marcher. Il était devant moi sur le chemin et j'ai pensé à mes pieds qui se mettaient dans les siens de terre. Pareil que si le père l'était mort. Peut-être qu'il aurait mieux valu que. Pourtant, j'avais encore le souvenir des moments où il me prenait dans ses bras quand il revenait des champs de cannes. Ou de ce jour où je marchais avec lui sur un sentier au-dessus de la rivière et où mon pied a glissé et je me suis vu tomber, et lui m'a rattrapé par la main et tenu de sa main et soulevé jusqu'à lui, interrompant cette chute et je regardais d'en bas, et j'aurais voulu rester accroché à cette main qui me tenait.

Elle a fait disparaître toutes les photos, bientôt j'avais oublié son visage. J'ai essayé souvent de le retrouver. Sa voix qui me revenait, et la silhouette de dos quand je marchais derrière lui, essayant de mettre mes pas dans les siens, mais le visage, non, je ne le retrouvais pas. (Sa voix, "ô mon sang, mange bien, il faut que tu aies du courage… un vrai coq, ô mon sang, ô mon fils, ma lignée".)

Le père comme s'il était mort, oncle Cab mort pour de bon, maman fatiguée, elle travaillait dur, des ménages pour qu'on puisse manger, mais qu'est-ce que je vais faire de vous ?

Un jour de tôle arrachée, dans la case bois sous tôle, on avait tous failli être emportés par le vent déchaîné et les pluies torrentielles. Comment on l'appelait ce monstre qui vient chercher les enfants en pleine nuit ? Je n'arrive plus à retrouver le mot. Des mots qui me reviennent, des expressions de ma langue, elles me reviennent, fugitives, ce ne sont plus les miennes, un mot tout à coup qui fait surgir des sensations, et un seul mot que je voudrais saisir et garder comme on serre dans sa paume ce que l'on pourrait étouffer de trop prendre. Dans le lit, tête-bêche, avec Félix, on s'en épeure à ne plus pouvoir, celui qui vient arracher les enfants à leur mère, le père la ramasse, la goulle ou la loulle, le gros loulou ou le guenillou. Je ne sais plus le mot, juste la peur qui va avec. Cache-toi bien sous les draps, la voiture de la DDASS, la voilà qui passe, ceux qu'elle emmène on ne les revoit jamais plus, cache-toi elle va nous prendre, pour la reconnaître certains jours elle est rouge, d'autres bleue pour mieux tromper.

Maman toujours plus fatiguée, elle marche dans la maison, on dirait qu'elle a perdu la tête, parle toute seule, ô mes enfants, mes enfants, qu'est-ce qu'on va devenir à l'heure qu'il est ? Elle pleure à grosses larmes qui lui coulent sans bruit, reste à pleurer en arrêt, en regardant devant elle, on ne sait trop bien quoi. Arrête de te déchirer le cœur, m'man. Je voudrais lui chanter encore ô m'man ton beau lamba blanc. Mieux vaudrait qu'on ne soit jamais nés, ni Félix ni moi, si c'est pour lui faire tant de tristesse, mais elle nous prend dans ses bras et, même quand elle pleure, nous sourit et nous serre contre elle.

La voiture de la DDASS, la voilà qui passe, on a peur, serrés l'un contre l'autre, et cette fois elle s'arrête pour de bon, et ça frappe à la porte… Ne va pas ouvrir, maman, c'est un piège… Saint Expédit qui êtes aux cieux, j'en ai le cœur tout brisé qu'ils s'en aillent là-bas ; veillez-y donc comme à la prunelle de vos yeux à ces petits cafs…

Et toi, Léonard, qu'est-ce que tu viens chercher, je me berce tout seul depuis longtemps de tous ces souvenirs, de tout ce qui me revient, je n'ai pas besoin de toi, qu'est-ce que tu attends donc, faux frère !

La nuit qui apaise et console, longtemps que je ne m'y suis pas abandonné.

Tu ne veux pas me laisser un peu la paix et l'oubli ?

Une âme, de quoi tu crois qu'elle a besoin pour retourner là où elle doit aller ?

12

Le lendemain, j'ai loué une voiture et je suis allé à l'hôpital chercher Sammy.

"Ce n'est pas une mauvaise idée… ça vaut le coup de le sortir un peu d'ici", a commenté le docteur Perrin, tout en me prévenant : "Mais allez-y mollo ! C'est du fragile tout ça !"

Il m'attendait. Il avait changé de tenue, mis un costume. Tu te rends compte, moi qui habite dans la région, je n'ai plus mis les pieds là-bas depuis qu'on s'y est connus. Roméo peut venir avec nous, ça ne t'ennuie pas ? Pas du tout, avant, on va se balader un peu en ville, qu'est-ce que tu en dis ? Tu appelles ça une ville, toi ? Il rit, c'est vrai qu'on peut appeler ça comme ça, Tulle, ça fait un bout de temps que je ne suis pas sorti d'ici. Ça nous fera du bien, une petite promenade. On a quitté l'hôpital, en voiture, et on s'est retrouvés au bord de la Corrèze. Je me suis garé, nous sommes sortis de la voiture. Hors des murs de l'hôpital, Roméo avait l'air aussi perdu que son maître. J'ai l'impression que je ne sais plus marcher, que je traîne mon corps en trop. Tu as vu à quoi je ressemble ? Tu crois que tu m'aurais reconnu si tu n'avais pas su qui j'étais en venant là-bas ? Comme lorsqu'on est terrassé par le printemps, l'âme molle. Quand on ne sait pas comment on tient debout. Et l'on marche les jambes en coton, le cœur au bord des lèvres, ou bien c'est une chanson qu'on fredonne.

Il y a un petit marché sur cette place près de la Corrèze. Au début que je connaissais Joce, on y venait souvent et, après, boire un coup au bar des Amis. Ils sont en train de monter les manèges, ça sent la fête foraine. Déjà un stand de gadgets, regarde, Sammy, des jouets à hélice rose, tu cours jusqu'à épuisement en regardant l'hélice tourner et tourner, j'en avais rêvé d'une un jour de foire et aussi de tours de manège et j'emmenais mes gamins à la fête foraine et je les regardais tourner sur le manège en leur faisant des signes et en les encourageant à attraper le pompon qui donne le tour gratuit, mon fils me fixait très fier, comme s'il ne me voyait pas vraiment tout en me guettant du coin de l'œil. Tu ne vas pas rester avec ces espèces de grolles que tu as aux pieds, tiens, essaye celles-là, c'est un cadeau, essaye-les, elles te vont bien. Tu me les offres alors ? On va se faire un petit voyage, autant être équipés !

Le chien court joyeux devant nous. Ça me fait un drôle d'effet de marcher dans cette lumière, l'impression d'avoir les mouvements tout gauches. J'en ai le tournis. Mais non, tu t'en sors bien, je t'assure ! Toutes les odeurs et les couleurs qui vous sautent au visage. On se sent en paix ici, tu ne trouves pas ? Le marché était minuscule, nous en avons eu vite fait le tour.

Je t'ai pris ça au tabac. Qu'est-ce que c'est ? Un Banco, faut gratter ! Deux euros, on en reprend deux, là, c'est foutu, c'est la vie, ah, c'est ça la vie ? Je ne sais jamais si j'ai tout perdu ou si j'ai gagné le gros lot. Tu ne veux pas une pochette-surprise aussi ? Avec des capsules bonbon, poudre acidulée sucrée sur la langue qui fait saliver toute la bouche et des décalcomanies, billes de clown à se coller sur la peau. Tu n'as pas un peu faim, toi, l'occasion fait le larron, il y a du bon pain sur ce marché, tiens je prends un saucisson pour la route, tu as un couteau, on va commencer à lui faire sa fête ? Toujours mon Opinel avec moi. On va s'asseoir sur le bord de la fontaine, on mange, c'est bon, un petit verre de vin avec ce ne serait pas mal, ça me fait plaisir qu'on se revoie, tu crois, et moi tu parles, à peine, tu as vu comme Roméo gambade, longtemps que je ne lui avais pas connu autant de vie. On va aller s'en jeter un au bar.

Les hommes au comptoir parlent de leurs voitures.

— On va se faire un petit pèlerinage en auto, alors ?

— Tu as vu, il y a un faux feu dans la petite cheminée. Non, c'est un vrai ! Ah bon, il est tellement bien imité que j'ai cru que c'était un faux bien réussi. On est comme deux frères, il y en a un qui est plus beau que l'autre, mais on ne sait pas lequel. Il rit. Tu veux une clope, je ne fume plus mais c'est pas de refus, moi à l'hosto j'en suis à deux paquets par jour, je les roule, ça coûte moins cher. Des P4, ça s'appelait comme ça, quand on était gosses, on disait que c'était fait de résidus de tabac. J'ai fumé longtemps des gitanes maïs, mais on n'en trouve plus. On y va ? D'accord ! Un vendeur de marrons chauds, on va en prendre pour la route, c'est bon ça de les serrer dans sa main et de ne plus savoir qui serre quoi.

On a pris la voiture et on s'est dirigés vers Ussel et de là vers les hautes terres. Après Meymac on s'est vite retrouvés en pays de connaissance. Le brouillard nous est tombé dessus pendant quelques kilomètres. Je conduisais, et Sammy était à côté de moi, Roméo blotti dans ses bras. On se taisait à fixer ces landes à moutons, ces champs de pierres et ces forêts, une nature monotone, désolée et triste, une pauvre terre d'une sauvage grandeur. J'avais pris une carte, je voulais qu'on puisse aller jusqu'aux Monédiers. Je ne savais pas si c'était une bonne idée que d'aller traîner par là-bas. En tout cas, c'était bien de se retrouver tous les deux loin de l'hôpital. Sur la carte, j'ai vu qu'on était tout près du puy Pendu, une fausse montagne au nom qui en imposait. Fougères et bruyères, a dit Sammy, forêts de sapins à perte de vue, voilà, on y est à n'en pas douter, ça ressemble au bout du monde, on est au bout du monde. Tu as vu un peu ça ? On dirait de grosses bûches de bois débitées et abandonnées au bord de la route.

Ça te rappelle quelque chose, toi ? Vaguement ! C'est particulier ce paysage, une lande rompue de blocs de granit, les rivières et la rousseur des tourbières. Il m'a regardé, impressionné. J'ai lu ça, hier soir, dans un guide. Sans même descendre de voiture, j'ai eu l'impression d'être saisi par le froid. Ça, au moins, c'était tout ce qu'il y a de plus personnel comme sensation. On peut s'arrêter deux minutes ? Je me suis garé sur un terre-plein. Roméo s'est mis à courir en tous sens en aboyant. L'air vif le réveillait de la torpeur hospitalière. Son maître regardait cela en souriant.

— Tiens, viens, on va marcher un peu, a proposé Sammy.

On s'est arrêtés pour pisser, on a suivi un moment un sentier dans la forêt, j'entendais sa respiration et la mienne pendant que nous marchions, les branches écartées d'un revers de la main. Le chemin s'arrêtait tout à coup, inexplicablement. On est revenus en arrière. Sammy chantonnait à mi-voix. Je restais silencieux, à baigner dans l'instant. Là, on dirait une clairière. Roméo nous suivait, on l'entendait aboyer et courir dans l'herbe des sous-bois. Ça ne te rappelle rien ? C'était pas ici quand même ? Non, mais ça y ressemble ! Tout se ressemble un peu par ici. On a ri. On ne voulait pas se laisser avoir par ce vieux passé dont on n'avait presque pas parlé et qui était là, tellement présent.

Ce matin-là, quand nous nous étions levés, j'avais dit à Sammy : Ce sera aujourd'hui. Ce sera ce soir.

Il a souri. D'accord, il faut qu'on prépare tout, bien comme il faut. On prendra les deux couvertures qui sont dans la grange. Si on pouvait en trouver d'autres, ce serait bien. Ce sera aujourd'hui, ce sera ce soir. Et, le soir, on a rejoint Célimène qui nous attendait à l'endroit habituel et on s'est dirigés vers la cabane en marchant longtemps et sans bruit. Il faisait froid, mais nous le sentions à peine. Là, personne ne nous trouvera jamais plus. Il y a un endroit, juste à côté, où l'on peut faire du feu, a dit Célimène, j'ai caché d'autres couvertures en réserve au cas où, je vous apporterai à manger. Nous avons fait un feu, un feu qui a pris dans la neige, je ne sais pas comment c'était possible, et Célimène était assise entre nous deux et nous tenait la main, et nous regardions le feu se consumer, de la buée sortait de nos bouches dès que nous parlions, puis le feu s'est éteint, il n'y avait plus que du bois mal brûlé posé sur le côté. Il fait froid, on va aller dans la cabane.

Pour la première fois, il a dit son nom d'un trait. Célimène. Elle devrait être là aussi. Elle est loin, tu crois ?

Ce sera aujourd'hui. Je lui avais dit ce matin-là. Et là-bas nous serons tellement loin, tellement cachés qu'ils ne nous retrouveront plus. Ce sera aujourd'hui, et le soir elle nous attendait à l'endroit habituel. Nous l'avons suivie vers la cabane. On restera toujours là. Nous n'arrivions pas à faire ce feu dans la neige et il est parti d'un coup.

— Tu n'as pas trop froid, tu veux qu'on retourne à la voiture ? je lui ai demandé.

— Non, ça va... Regarde un peu tous ces oiseaux...

J'ai regardé au-dessus de nous. Dans le ciel, en nuées, ils traçaient des compositions subtiles et géométriques qui se défaisaient pour en faire naître d'autres.

On avait essayé, ce jour-là, de faire un feu. Il est parti d'un coup sur ce sol de neige, on soufflait dessus, c'était maigre la flamme, nous avions peur que ça meure d'un coup.

— Si on a été vrais un petit moment dans notre vie, il doit bien en rester quelque chose, un petit quelque chose, tu ne crois pas ?

— Peut-être que tu as raison !

Il a hoché la tête à l'affirmative.

Je crois que des larmes lui sont venues aux yeux.

— Pas un seul jour où je n'ai pas pensé à elle.

Je crois qu'on s'est mis un peu à pleurer tous les deux. C'est con, on a l'air de quoi là ? Après tout, qu'est-ce que ça peut faire ? Ça nous faisait du bien de pleurer, je crois, on se donnait en même temps de petites tapes pudiques sur l'épaule pour atténuer. Il a sorti son paquet de cigarettes, s'en est allumé une, tu en veux une ? J'en ai pris une et l'on est restés un moment sans parler, en tirant sur notre cigarette.

Ce sera aujourd'hui, ce sera ce soir, j'avais dit à Sammy, et maintenant nous étions tous les trois dans cette cabane, tellement loin qu'ils ne nous retrouveraient plus. On restera toujours là. Ne faites pas de bruit, cachez-vous bien, je vous apporterai des vivres, a dit Célimène. Dans la cabane, nous ne sentons pas le froid. On est bien là, on a chaud, c'est chez nous. Mon grand-père me racontait des histoires de loup, je ne sais pas si c'étaient des histoires vraies, c'étaient de belles histoires, elles me sont restées. Raconte, Célimène, raconte ! C'était dans son enfance, il vivait dans une campagne désolée et triste. L'hiver était interminable. Il restait à la maison avec ses frères, il ne pouvait plus sortir pendant des semaines entières. Un jour, il va au village. Dans la forêt tout à coup des yeux rouges, c'étaient les loups qui le guettaient. Loup affamé n'a pas de cœur, c'est bien connu.

Là, ils mouraient littéralement de faim, n'avaient plus rien à se mettre sous la dent depuis qu'ils avaient éventré et dévoré les derniers moutons, tout près des maisons. Qu'est-ce qu'il lui reste à faire ? Il court jusqu'à l'arbre, court, grimpe à un arbre, grimpe vite. En bas, la horde attend. Les loups furieux, dévorés par la faim, battent la neige de leurs pattes, comme si c'était une véritable tempête de neige, et lui, là-haut, qui pleure et meurt de peur à petit feu. Il essaie de chantonner, de se raconter des histoires pour se donner un peu de courage. De temps en temps, il leur parle, voudrait les amadouer, mais bien sûr c'est peine perdue. On entend brusquement des cris, c'est tout un groupe d'hommes avec des haches et des fusils qui accourent pour le délivrer. Il descend en tremblant de son arbre.

Quand mon grand-père racontait des histoires de son enfance, il devenait tendre et doux, j'aimais bien. Et aussi quand il me montrait des giroflées qu'on appelle aussi gueules-de-loup et des fleurs d'encre à écraser sous ses doigts et nos doigts sont rouges. Je retourne chez nous. Faites attention à qui vous croisez si vous allez vous promener dans la forêt.

Une journée et une nuit avaient passé. Célimène nous faisait de discrètes visites.

Tu as entendu ce bruit ? Il y a quelqu'un ! Non, c'est elle. Oui, c'est moi ! Ah, c'est toi ! Mme Maurin s'inquiète pour vous et mon père m'a demandé si je savais où vous étiez. Il a reçu la visite des gendarmes, le père Landry qui l'a dénoncé, il m'a dit que, si je savais où vous étiez, il fallait vous dire de venir le voir et qu'il allait s'occuper de vous, trouver une solution, il paraît qu'il y a un nouveau directeur au foyer de l'enfance, quelqu'un qui vient de la Réunion, il va essayer de le contacter. Et il a dit surtout qu'il fallait que vous fassiez attention de ne pas attraper la mort... Il veut trouver une voiture, pour qu'on aille à Guéret tous les trois.

Moi, je voudrais rester ici, a dit Sammy, je veux qu'on reste tout le temps avec toi, Célimène, je ne veux plus aller dans un foyer ni être placé chez des gens.

— Attention au feu aujourd'hui, j'ai peur qu'on se fasse repérer, a dit Célimène.

— Il y a des renards pas loin, j'ai vu leurs traces dans la neige...

Elle m'a chantonné, en réponse, la fin de *La Clé de saint Georges* : “ne regardez pas le renard qui passe, mais regardez-le quand il est passé”.

Le feu a pris difficilement, un feu de fumée et nos yeux en sont pleins. Il ne faut plus bouger, plus parler, se serrer fort l'un contre l'autre, rester fixés sur cet instant et qu'il ne s'écoule plus...

Il y a eu, tout à coup, les bruits d'une battue au loin. Comme d'instruments qu'on frappe les uns contre les autres.

Cela me faisait penser au tintamarre de la gamelle quand on jouait au foyer, la gamelle, juste le temps d'aller se cacher, celui qui est vu envoyé aussitôt en prison où on peut aller le délivrer rien qu'en le touchant. Et ce jour où, dans le bois en face du foyer de l'enfance, j'avais voulu me cacher le mieux possible, et où je me sentais disparaître pour de bon avec ces bruits au lointain et les cris où il y avait mon nom et là, aussi, celui de Sammy. Nos deux noms qui se mêlaient dans les cris. C'était encore elle, la gamelle, avec ses bruits étouffés par la forêt, une sorte de charivari funèbre que je connaissais bien.

Cela leur avait été facile de nous retrouver. Il avait suffi de suivre Célimène.

Le père Landry et Etienne faillirent en venir aux mains. S'ils n'avaient pas été exploités tant et plus, ils n'auraient pas eu envie de s'enfuir. Et si on ne leur avait pas monté le bourrichon en leur racontant des histoires à dormir debout, on n'en serait pas là à l'heure qu'il est, a rétorqué Landry. Quand je pense à tout ce qu'on a enduré avec ces morveux qui nous en ont fait voir des pierres, des gamins qui pensent qu'à en faire une qui pousse l'autre, faut voir d'où ils viennent, les chats ne font pas des chiens, a ponctué la mère Landry, en pleureuse derrière son mari, et l'autre qui pissait au lit, précisa-t-elle, révélant devant tous mon lourd secret.

On va les emmener à Guéret, au foyer de l'enfance, ont dit les gendarmes, ils verront bien ce qu'ils en feront ! Après tout ce qu'on a fait pour eux, poursuivait la mère Landry qui à force de le répéter commençait à y croire, qu'on ne compte plus sur nous pour nous en occuper…

Je suis resté quelque temps au foyer de Guéret. Il y avait un nouveau directeur, un Réunionnais qui était très humain. Sammy n'allait pas trop. On l'a emmené à Saint-Vaury à l'hôpital, il y est resté pas mal de temps.

Je ne l'avais jamais revu. A un moment, j'avais essayé mais, embarqué par la vie, j'étais déjà ailleurs.

Quand il est sorti, je crois qu'il a été placé chez un garagiste où ça ne s'est pas trop mal passé. Moi, j'ai connu plusieurs familles. Je ne parlais pas beaucoup, j'évitais les rapprochements, les confidences. Célimène et son père étaient venus me voir plusieurs fois au foyer. J'ai lu beaucoup à cette période-là. Tout ce qui me tombait sous la main, ce que je pouvais trouver à la bibliothèque municipale, ce que me donnait Etienne. Emile Zola, par exemple, je ne pouvais plus m'arrêter quand j'ai commencé. Un jour, ils ne sont plus venus. Je savais depuis longtemps qu'il ne fallait rien attendre de personne. Ce qui était donné en plus, il fallait le prendre, mais surtout ne rien attendre. J'avais bien compris que la vie ne me devait rien.

Après l'armée, il y a eu cette possibilité de passer ce concours administratif que j'ai réussi. J'aurais pu être sur les rails jusqu'à la retraite. C'était sans compter ce que nous réserve le quotidien. Il avait fallu que je commence à aller mal, pour approcher ce qui m'avait tenu à cœur tout le temps sans que je m'en rende bien compte. D'une certaine façon, c'était une chance…

— On va attraper la mort ici, il faut qu'on retourne à la voiture.

— C'est vrai, on n'est pas loin du hameau, on va aller faire un tour.

On a fait le chemin du retour dans ce bois où le sentier se perdait par moments. Roméo aboyait devant nous, il avait l'air heureux de pouvoir batifoler en toute liberté dans ces sous-bois boueux.

En roulant en direction du hameau, sous les pylônes et leur grésillement, nous sommes tombés sur des rails perdus au milieu des champs, envahis par les herbes et cachés par de hauts talus de ronces. Cela ne me rappelait strictement rien. Puis on est passés devant la maison des Landry qui semblait inhabitée, les volets bien clos. On l'a bien reconnue celle-là, un petit bras d'honneur en passant, et un clin d'œil que m'a fait Sammy. Plus loin, en arrivant à l'étang, la maison des Etienne était toujours là. Je la voyais beaucoup plus grande dans mes souvenirs. Une petite bâtisse avec des carcasses de voitures abandonnées, un arceau rouillé et une balançoire effondrée, le siège abandonné à la boue. Dans le champ devant, le cordon à linge, les pinces alignées au garde-à-vous et deux ou trois vêtements colorés figés dans le froid. Nous restions là à regarder, sans trop oser approcher ni frapper à la porte.

C'était la fin de l'après-midi. Il faisait déjà sombre. Le ciel au-dessus de nos têtes était presque noir. Une petite pluie fine et glaciale a commencé à tomber.

Dans un aboiement coupé net, un chien a bondi vers nous, stoppé dans son élan par une chaîne.

Calme, a crié une voix à l'intérieur. Calme !

Nous aurions dû nous cacher plus profond et rester cachés, à jamais cachés, dans cette cabane, et Célimène, un jour, serait venue vivre avec nous et tout aurait été éternellement tel quel. Tout.

La porte s'est ouverte. Une femme nous fixait, l'air un peu étonnée.

Roméo, resté dans la voiture, s'est jeté contre les vitres en y allant, lui aussi, de ses aboiement vindicatifs.

— Vous cherchez quelque chose ? Tu as fini, Hector ! Vous en avez un aussi, ça n'arrange rien ! Elle était brune, avec quelques cheveux blancs, et portait une robe longue, genre gitane. Le chien s'est tu, il restait à nous regarder, grognant un peu et montrant les crocs. Elle l'a attrapé par son collier, lui a caressé la tête. Ne vous inquiétez pas, il fait plus de bruit que de mal. Vous cherchez quelque chose ?

— On a connu des gens qui habitaient ici, je me suis lancé. Leur nom de famille, c'était Etienne...

— C'est mon nom aussi...

— On était placés chez les Landry...

— D'accord... je crois que ça me revient... Les amis de Célimène... Moi, c'est Magali, je ne sais pas si vous vous souvenez de moi... Ce n'est pas d'hier tout ça...

— Bien sûr que l'on se souvient... Enfin, moi, j'ai précisé.

— Ah, oui, moi aussi..., a ponctué Sammy.

— Ne restez pas comme ça, dehors. Vous pouvez entrer... Ça m'embête que votre chien reste dans la voiture, mais je ne suis pas sûre que cela se passe bien avec Hector...

A l'intérieur aussi, c'était plus petit que dans mes souvenirs. Différent aussi... un peu normal après tout ce temps... Il y avait une étonnante profusion d'animaux empaillés, figés dans toutes sortes de poses...

Dans la cuisine, nous restions debout, un peu mal à l'aise.

Qu'est-ce que vous attendez pour vous asseoir ? Vous voulez boire quelque chose ! Je vous fais un thé... Ça vous réchauffera...

Ça sentait la solitude chez elle. J'ai pris une chaise et je me suis assis, et Sammy a fait de même. Nous restions sans trop oser dire grand-chose...

— Alors, comme ça, vous êtes de passage ?... Ma sœur n'habite pas ici, elle est à Lyon... Vous n'étiez jamais revenus ?

— Non, on s'est retrouvés hier, en fait, on ne s'était pas revus depuis qu'on était gamins, depuis qu'on était chez les Landry... On a décidé de faire un petit tour par ici...

— Qu'est-ce que vous diriez d'un peu de citron dans le thé ? Vous veniez de la Réunion, c'est ça ?

— Moi, oui, a dit Sammy, et je suis retourné y vivre, ça se passe bien.

Je l'ai regardé un peu interloqué. Il avait l'air très sérieux.

— C'était vraiment un projet absurde, ces enfants qu'on a fait venir… Enfin, je suis contente pour vous, ce n'est pas pour tout le monde que ça s'est bien terminé. Et vous, vous n'êtes pas dans la région ?

— Non, je vis en Bretagne…

— Et vous êtes revenus chacun de l'endroit où vous vivez pour vous retrouver… C'est bien, ça…

Je n'ai pas voulu trop m'engager sur ce sujet. Je me demandais bien ce que Sammy allait inventer.

— Oui, voilà, exactement… je vais aller à la voiture voir ce que fait Roméo…

Je me suis retrouvé seul avec elle, je ne savais plus trop quoi lui dire. Sammy est revenu assez vite : Ça va, il ne le prend pas trop mal, je lui ai expliqué, il comprend tout…

— Mon père vous aimait bien, il parlait souvent de vous, il aurait bien aimé vous revoir, il a perdu votre trace, il a demandé au foyer de Guéret, ils ne lui ont pas donné les coordonnées…

Il est mort, il y a une dizaine d'années. C'était un révolté épidermique. Il y a une phrase qu'il citait souvent qui m'est revenue l'autre jour, je ne sais plus de qui, mais j'ai ri en pensant à lui, à l'intonation de sa voix quand il disait ça, c'était du genre : Si on était au ciel, ils nous demanderaient bien en plus de faire l'orage.

Mon frère, je ne sais pas si vous vous souvenez de lui, il était toujours plongé dans ses livres… il a fait Normale sup, je ne le vois pas très souvent, il habite Paris, et Célimène, elle, vit donc à Lyon, elle est infirmière, elle s'est mariée… Depuis, elle a divorcé, il y a deux ans. Je vous donnerai son adresse si vous voulez.

— Vous ne parlez pas beaucoup de vous, a remarqué Sammy.

— On peut se tutoyer, je crois… Ça va, tout n'a pas toujours été facile, mais là, j'aime bien ma solitude… J'ai été mariée… il y a longtemps… Mon mari est taxidermiste… il a laissé des traces, comme vous pouvez le voir… Je ne peux plus les supporter, ses créatures, un de ces jours, je vais balancer tout ça à la décharge… J'ai des amis que je vois de temps en temps, ça me suffit bien…

— Si ça te suffit, c'est bien…

Il y a eu un long temps de silence.

Elle nous a proposé une part de gâteau, on l'a mangé à petites bouchées, en silence.

J'aurais pu rester longtemps ici, je me sentais bien.

J'ai eu fugitivement l'impression de trahir Hélène. Décidément, il y avait quelque chose d'un peu bizarre dans la relation qu'on avait tous les deux, comme si on s'était trouvés dans la douleur et qu'on avait du mal à y renoncer, par peur de se rendre compte que c'était elle, et rien d'autre, qui nous faisait tenir debout ensemble. Là, à vrai dire, je me sentais un peu coupable d'être bien sans qu'elle y ait sa part.

Je me suis promis de lui en parler la prochaine fois que je l'aurais au téléphone. Ce n'était peut-être pas ce qu'il y avait de mieux à faire : elle allait, encore une fois, se demander pourquoi je pensais à des choses pareilles et s'inquiéter.

— Bon, il va falloir y aller, on a encore de la route, j'ai dit ça d'un coup.

Aucun de nous trois ne semblait avoir trop envie de parler. Je n'avais, moi, aucune envie de m'en aller. Je serais resté silencieux, assis à côté d'eux, à écouter les bruits minuscules de la maison, et la pendule aussi, et son battement régulier. Longtemps. Comme si j'avais attendu depuis toujours un lieu et un moment comme celui-là, et que je l'avais déjà perdu. Elle m'a souri. Faites comme vous voulez ! Si vous avez envie de rester, ce n'est pas compliqué, il y a de la place ici…

— Ce serait avec plaisir si on avait plus de temps, on se sent bien chez toi, c'est calme, c'est bien d'entendre la pluie tomber quand on est au chaud à l'intérieur d'une maison.

— C'est vrai qu'on est bien chez toi, même si tes animaux me foutent la trouille, a dit en riant Sammy, mais je dois reprendre un avion demain. Il faut que tu viennes là-bas, un de ces jours.

— Revenez me voir, nous a dit Magali, ça me fera vraiment plaisir… Revenez, et pas la peine d'attendre d'être tout vieux ! Je vais appeler Célimène pour lui raconter tout ça. Là, je vous ai noté son adresse et son téléphone, si vous passez par Lyon ou si vous avez envie de l'appeler, ça lui fera plaisir à votre petite Célimène…

Elle nous a embrassés en partant. J'aurais voulu la serrer fort dans mes bras. J'avais l'impression de ne pas savoir, de n'avoir jamais vraiment su en fait et de rester là un peu ridicule et figé. Je me suis dit que j'aurais pu rester près d'elle et l'aimer. Que c'était une chose possible. Dans cette maison peuplée d'animaux morts et de vieilles présences, j'aurais laissé le temps s'écouler lentement. J'aurais appris à ne plus rien attendre. On se serait souri et parlé un peu, assis à cette table, en buvant des tisanes et des alcools forts. Et même si on ne savait pas ou ne pouvait pas s'aimer, simplement, on se tiendrait un peu chaud, on apprendrait à ne plus rien attendre, à être tout simplement l'un à côté de l'autre, paisibles, et, quand dehors le vent souffle à pierre fendre et que la pluie tombe à n'en plus finir, nous, ça ne nous ferait ni chaud ni froid, on serait déjà passés de l'autre côté. J'ai failli lui dire tout ça. Je ne lui ai, bien sûr, rien dit. Un petit sourire, un signe de la main. Si tu veux venir à la Réunion, tu me contactes, tu seras bien accueillie là-bas, a dit Sammy en partant. Je t'écris, je t'envoie mon adresse.

13

La nuit tombait quand on est sortis de la maison. Il y eut un cri d'animal ou peut-être d'un oiseau venu de la forêt et d'un coup ce fut le noir, tout près de l'étang aux chiens. Dans la voiture, on a été saisis par la nuit, le brouillard et les arbres dont on devinait les formes massives au bord de la route. Pourquoi tu lui as raconté ce bobard sur la Réunion ? j'ai demandé à Sammy. Simplement parce que cela aurait pu être vrai ! Je n'ai rien trouvé à répondre à un argument d'une telle logique.Très vite, Sammy s'est assoupi, la tête contre celle de Roméo. Il s'est réveillé, a regardé autour de lui, le brouillard, qui s'était posé sur les chemins, enveloppait les arbres. Il m'a souri… On est des fantômes à vie, tu sais, on habite un autre pays dans notre tête, celui-là ne sera jamais le nôtre. Je pensais à une récitation de Mme Maurin, j'essayais de me souvenir, le linceul ouaté, elle m'avait mine de rien donné le goût des mots, et ça c'était précieux. Un poème d'Alfred de Vigny. Des phrases qui revenaient. "Quand les branches d'arbres sont noires, / Et que la neige est épaisse et charge un sol glacé / Quand sous le ciel pâle un peuplier s'élance / Quand sous le manteau blanc qui vient de le cacher / L'immobile corbeau sur l'arbre se balance, / Comme la girouette au bout du long clocher"… Je ne savais pas si c'étaient les mots justes. C'est ce qui s'était inscrit dans ma tête.

— Probable que j'ai travaillé dans cet enfer de la brûlerie, où personne ne voulait aller, que parce que j'étais sûr d'y trouver la chaleur. Dans l'autre monde, j'ai déjà réservé ma place. Et pas question, à moi, qu'on me demande d'y faire quoi que ce soit !

— Allez, arrête un peu…

— Mais si ! Léonard, on ne sera jamais, nous, comme les autres… Il n'y a pas à se lamenter, c'est une constatation, une simple constatation… on ne sera jamais comme les autres. Cette fille m'a mis mal à l'aise, je ne sais pas pourquoi… Peut-être parce que j'ai cru, à un moment, que c'était Célimène qui était dans la maison et allait nous ouvrir la porte.

J'avais envie de lui parler de l'hôpital. Je ne savais pas trop comment m'y prendre…

— Ça me fait un drôle de truc, quand même, tu sais, de penser que quelqu'un comme toi, qui n'es pas fou du tout, passe ses journées sous sa couverture dans cette chambre.

— Hé, dis donc, tu ne vas pas te mettre à me faire la morale, toi aussi…

Il a caressé son chien.

— Et lui, alors, qu'est-ce qu'il deviendrait si on n'avait pas une chambre à l'hôpital ? Je suis du genre, moi, à finir à la rue… Je crois, surtout, que je suis tombé malade pour être un peu dans le vrai.

— Tu crois que tu pourrais rester là-bas toute ta vie…

— Pourquoi pas, après tout…

— Moi, j'ai besoin de penser que je vais encore faire des choses qui me tiennent à cœur… Même, les faire vraiment pour la première fois de ma vie…

— Quoi par exemple ?

— On va essayer de trouver un magasin, tu sais, être gérants, dans un petit village… Ça ne paraît pas grand-chose, mais en même temps on pourra s'organiser tous les deux, être libres…

— Toi, tu es avec quelqu'un, ce n'est pas pareil. Moi, à part Roméo, je n'ai personne…

— Et la Réunion…

Il m'a regardé en souriant.

— Mais, tu as bien entendu tout à l'heure, ça fait longtemps déjà que je vis là-bas.

— Pourquoi tu te fous de ma gueule ?

— Ne le prends pas comme ça… Tu sais, j'ai dû trop en rêver. J'ai essayé de rechercher des cousins, je leur ai écrit, à un moment je devais partir, j'avais réservé à l'agence. Au dernier moment, je ne sais pas ce qui s'est passé, je n'ai pas pu… même mon frère, je n'ai pas été capable de le retrouver, je ne sais pas si j'ai vraiment tout fait pour, je crois que j'avais peur qu'il ne veuille pas me parler ou quelque chose dans ce genre…

— C'est normal que tu aies peur… mais imagine, si tu meurs sans jamais être retourné là-bas…

— Où je serai, je n'aurai pas le temps d'avoir des regrets. Il a ri, est resté un moment silencieux. J'ai des images, des sensations de l'enfance, peut-être que je veux rester avec et ne pas être déçu… Mon frère, je le revoyais tout petit, serré contre moi dans l'avion, d'après ce que j'ai compris il a été adopté par une famille et a pris leur nom…

— Tu devrais venir avec moi en Bretagne pendant un certain temps, tu te referais une santé, et après, je ne sais pas, tout peut toujours arriver…

— Je ne suis pas sûr d'en avoir la force.

— Franchement, qu'est-ce qui te retient ici, Sammy ?

— Des fois, je lui en veux à ma mère, je me dis qu'elle n'aurait pas dû nous laisser partir, mais ça ne dure pas longtemps, je la revois avec son sourire un peu triste, je me demande si elle avait vraiment ce visage ou si je me la suis inventée, qu'est-ce que ça peut faire après tout, et j'ai mal pour elle qui s'est fait avoir, qui a cru qu'on allait pouvoir avoir une belle vie… Peut-être d'ailleurs que mon frère a vraiment eu une belle vie… Tu en as pas assez de ces chemins qui tournent, toujours les mêmes, je te remplacerais bien, mais ça fait longtemps que je n'ai pas conduit. Tu ne veux pas mettre de la musique pour ne pas t'endormir ?

— Non, ça, j'aime bien rouler, et parler… Avec le brouillard, en dehors, on se sent au chaud et bien protégés…

— Tu te souviens du cheval albinos dans une ferme pas loin de chez les Landry ? m'a demandé tout à coup Sammy.

— Oui, tout le monde l'évitait, il faisait peur, son maître avait voulu le tuer et n'avait pas osé. A ce qu'on disait, la viande d'un cheval albinos était immangeable…

Je ne sais pas pourquoi, l'évocation du cheval m'a, soudain, fait penser à une femme qui m'avait laissé dormir contre elle, contre son épaule, dans la salle d'attente de la gare, et c'était très doux, comme si je pouvais me laisser glisser en elle sans que cela ait de conséquence et que nous dormions tous deux. J'étais parti au matin, j'avais failli l'embrasser comme en la frôlant, je m'étais contenté de regarder furtivement en partant ce visage endormi. Il y a eu un long silence. Nous étions l'un et l'autre plongés dans nos pensées.

Il a sorti son harmonica, chaque fois qu'il en jouait ça m'arrachait le ventre et ça faisait revenir direct les souvenirs et les larmes, de cette fois où nous nous étions enfuis et cachés, et que Célimène venait nous apporter des provisions et qu'elle s'était fait suivre par les gendarmes qui nous avaient renvoyés au foyer de Guéret. C'était une chanson surtout, je ne l'ai plus jamais entendue, ça commençait comme ça, “ils ne sont plus les beaux jours de l'amitié… eh oh vieux Joe… j'entends leur douce voix chanter, eh oh vieux Joe”. Quand il a commencé à la jouer dans la voiture, tout de suite, ça m'a pris au ventre. J'étais un peu fleur bleue tout de même… Mais, après tout, c'était notre histoire, on avait nos souvenirs à nous, pas tout à fait comme les autres enfants, le peu qu'on avait, on le gardait bien serré contre soi, des fois que ça s'en aille et se perde, qu'est-ce qui nous serait resté ?

Quand il a eu fini, refais-la, refais, oui, elle est belle celle-là…

— C'est mon vieux blues à moi de vieux nègre blanc du Limousin, mon séga de petit cafre de la Creuse. Tu me fais un peu peur avec ton rêve de petit magasin, enfin, c'est toi que ça regarde… Des mois et des années que je suis resté sans parler, ça fait du bien de t'avoir retrouvé. Et je ne vois pas pourquoi il faudrait qu'on exprime tout avec des mots pour aller mieux et l'autre derrière son bureau à me presser de questions. Et qu'est-ce qu'il peut y comprendre, un psychiatre, à tout ça ? Il n'est même pas capable de me regarder dans les yeux quand il me parle, et sa main il ne sait pas la serrer, elle n'est jamais en accord avec son regard quand il te dit bonjour, ça en dit long ça, tu ne trouves pas ? Je crois que Roméo m'écoute avec plus d'attention et de vérité et il ne me donne que des conseils pleins de bon sens… Elle n'a pas l'air bien heureuse, cette fille.

— Je ne sais pas, difficile à dire…

— Et mon frère, tu te rends compte, ils ont changé son nom, c'était le sien quand même, ça c'est pire que tout, une nuit j'ai rêvé que je mordais dans sa chair et je le suppliais de me dire son nom, j'ai avalé sa langue quand il s'est décidé à ouvrir la bouche pour me le donner. Ce que je ne peux pas supporter, ce sont les gens qui pensent pour vous, vous disent ce qui serait le mieux. Qu'ils viennent habiter dans ma peau cinq minutes, je les laisse squatter autant qu'ils veulent… Il y avait un autre rêve, une femme qui me disait de la suivre, elle me proposait de n'être plus qu'un morceau d'elle. Moi, je voulais bien, je me collais à elle, mais ça ne marchait pas, je lui expliquais, j'essayais, quoi, mais je devais relever la tête pour lui parler, elle était grande et moi tout petit, viens, n'aie pas peur, elle disait, comment refuser quelque chose à celle qui vous regarde de si haut ? Je voulais lui dire que je ne désirais qu'un peu d'amour et rien d'autre, mais les mots qui me sortaient de la bouche avaient du mal à remonter jusqu'à elle, et elle ne m'entendait pas, ou pas comme il faut. A d'autres moments, j'ai peur d'avoir oublié son visage ou que ce ne soit plus le sien… Dis donc, je raconte un peu n'importe quoi…

— Non, non, je lui ai dit en riant, continue, continue, ça me berce, tes histoires. Il a ri aussi.

— Tant que ça ne te fait pas t'endormir au volant… alors petit yab, gardien de prisonniers, tu es parti, toi, à la recherche de ton père et de ta mort, je voulais dire de ta mère.

— Non, j'aurais pu essayer de revoir ma mère, le vieux, lui, déjà mort depuis un bout de temps, chez les fous toute sa vie, tu vois, je m'en suis bien sorti. Je voudrais retrouver ce qui est important, tu sais, comme une petite géographie de mon âme, je m'en approche lentement et à un moment, il n'y a pas à discuter, c'est là, bel et bien là, comme si tu devais te réconcilier avec quelqu'un ou quelque chose que tu n'osais pas approcher. Je retrouve les lieux, les paysages, des fois les mots justes. Je voudrais ne rien laisser échapper.

— Tu te souviens de ce jour où Jeannot Lacomte, celui qui avait des dents de lapin, dans la cour de récré, il me demande où étaient mon père et ma mère, ils sont là-bas à la Réunion, je lui réponds, et lui, moi c'est pas ce qu'on m'a dit, ce serait plutôt que ton père serait en taule et que ta mère, elle ferait la pute. C'est parti d'un coup, je me suis jeté sur lui, sans me préoccuper de savoir s'il était plus fort que moi ou pas, et je lui ai pété l'arcade sourcilière, ça saignait partout, le directeur qui n'arrêtait pas de répéter : Des sauvages, des sauvages, voilà ce que c'est de les mettre à l'école, j'ai eu punition sur punition, mais je ne l'ai pas regretté.

— Si je m'en souviens, tu parles, on a été punis tous les deux !

— Je te vois encore avec tes bouquins que tu gardais avec toi comme si on allait te les voler… *Les Misérables*, *Vingt mille lieues sous les mers*, ton *Sans famille*, que tu commençais à connaître par cœur, et le soir, à la lumière de la lampe électrique, tu m'en lisais des chapitres, l'un après l'autre, et moi, toute la journée, j'attendais le soir pour connaître la suite, et je te posais des questions dans la journée, mais pas de réponses avant la lecture… *Sans famille*, une fois, je te dis que j'aimais bien comment ça se termine, et toi, tu me réponds : Je me méfie des histoires qui finissent bien… Ça m'est resté, ta phrase…

— Je les ai toujours là-bas en Bretagne, ces bouquins… je me disais qu'un jour, moi aussi, quelqu'un viendrait me chercher, un père ou une mère, et ils me souriraient et me diraient : On est heureux de t'avoir retrouvé. Il y avait eu erreur, un accident… Voilà, c'est réparé… Mais je ne voulais pas y croire…

— Des queues marinettes, qui c'était celui qui disait toujours des queues marinettes ? Ah, oui, le fils du voisin des Landry, le Toine, c'était le Toine, il a pleuré quand il a été réformé, celui-là, il se mouchait dans les ronces, et tout le monde s'est foutu de lui, il a pleuré parce qu'il n'avait pas le droit de porter la médaille bon pour le service et les filles, ses parents l'avaient emmené voir saint Pissou parce qu'il faisait encore au lit à quinze ans, des queues marinettes, voilà, oui, des queues marinettes, moi je l'aimais bien, des fois j'avais l'impression de lui ressembler, moi qui parlais aussi, en secret, au ciel et au vent. Saint Pissou ! Et saint Caquite pour faire parler les muets !

Des queues marinettes, c'était aussi l'expression qu'employait Bernard, et que répétait Bob. Une expression pas si courante que ça.

— Tu sais, Sammy, j'ai passé une nuit, j'ai pas aimé ça, j'étais parti avec Bob et Bernard.

Il a eu l'air étonné, tu les connais ces deux-là ? Je n'ai pas précisé comment je les avais rencontrés, oui, un peu, ils m'ont emmené dans un drôle d'endroit, oui, oui, je vois où ça peut être. Rien que de regarder cette femme, je n'ai rien fait avec elle, mais je me sens coupable, et en même temps depuis ça m'obsède, je pense sans cesse à elle, à comment était son visage à ce moment-là, et à son corps comme celui d'une bête à la tuée, j'ai l'impression qu'il y a un lien qui s'est fait, et je ne comprends pas, je ne sais pas pourquoi…

— Joce n'était pas là ?

— Non, je l'ai rencontrée quand j'ai essayé de te retrouver.

— Comme ça que tu les as croisés, les deux ?

— Oui, c'est vrai, ils me mettent mal à l'aise.

— Ils sont malsains, tu sais, Léonard, avec eux, elle est allée vers les pires trucs, il faut dire qu'elle n'était pas très heureuse avec moi. Par moments, je voudrais tout effacer, je comprends qu'on puisse se tuer avec l'idée que ce soit possible de tout reprendre de zéro.

— Oui, c'est une façon… Il n'y a quand même pas que celle-là… J'ai eu l'impression pendant longtemps que c'était fini, que j'avais trouvé le moyen de continuer à vivre et de faire comme si plus rien ne m'atteignait, plus rien ne me touchait, ce boulot, à un moment aussi les enfants, j'ai leurs photos quelque part dans mon portefeuille, je ne les vois pas très souvent, je suis séparé de leur mère, mais ça n'a rien à voir, j'essaye d'en sortir, avec Hélène, c'est une femme bien, je suis sûr que l'on peut toujours décider, si on le veut vraiment, de refaire sa vie… Là, cette dépression, c'était peut-être un signe, il fallait qu'à un moment j'accepte d'être atteint, de penser que je pouvais souffrir et que ça pouvait être une chose importante…

— Moi, c'est vrai, à un moment, j'y ai cru… J'aurais voulu partir à la Réunion, je me disais qu'une fois là-bas, ce serait un peu magique, je retrouverais d'un coup tout ce que j'ai perdu, tout ce qu'on m'a arraché, et après, d'un coup, je n'y croyais plus, j'aurais dû essayer, c'est sûr, maintenant, c'est trop tard, je le sens… je ne vois nulle part où aller, je suis fatigué d'avance… Joce, c'est une fille que j'aimais bien, elle a eu une gamine qu'elle a perdue, elle courait avec des ciseaux à la main, elle est tombée, un truc con, elle ne s'en est jamais remise, elle s'est jetée dans le cul comme dans une drogue, elle a des moments de dégoût, j'avais peur qu'elle se tue quand on était ensemble. Je me sentais responsable d'elle au début. Et puis, après, plus responsable de rien… je l'aime bien mais elle traîne vraiment avec des ordures…

— C'est sûr que c'est des types bizarres, le peu que j'ai vu d'eux, c'était pas terrible…

— Ma mère, j'ai pensé souvent à elle, je me disais qu'elle n'avait pas pu faire autrement, je lui en voulais, comme je t'ai dit, même si je faisais des efforts. Pourquoi elle nous avait laissés partir comme ça tous les deux, elle nous imaginait comme des petits riches, sapés comme des lords, à nous baguenauder dans de belles voitures en faisant des études qui nous mèneraient loin… je me suis raconté des histoires des tas de fois… L'histoire, je me la refaisais pour qu'elle tienne debout… Des fois, je la voyais toute seule, à moitié folle, qui n'arrivait plus à nous donner à manger, ou bien je pensais à mon père, j'essayais de me dire que c'était quelqu'un de bien, je n'arrivais pas à y croire, je me souvenais surtout de ses cuites au rhum et des scènes où il nous cognait tous dessus, alors, je me disais : Il a été victime aussi d'une vie où il fallait travailler sans arrêt pour trois fois rien, et oncle Cab que j'aimais tant et qui est mort une nuit où les chiens hurlaient à la mort…

C'est vrai qu'elle aurait aimé qu'on vive autrement, et après, quand les sociaux sont venus tourner avec leur voiture, et lui en ont raconté tant et plus sur le bel avenir qui nous attendait, on a essayé de se cacher, mais on n'a pas pu leur échapper, quand ils sont venus nous chercher, elle pleurait, elle ne voulait plus, elle s'accrochait à nous et nous, fallait voir comme, à elle. Ils lui ont fait peur, lui ont dit que c'était la loi, elle restait à sangloter pendant qu'ils nous traînaient de force hors de la maison, dernière image que j'ai d'elle et celle-là bien nette, un jour je m'enfuirais, dès que je serais assez grand, j'irais les retrouver là-bas, on pourrait commencer à parler, et tu me vois, là, un peu, à mon âge, même pas été capable d'y remettre les pieds, et mon frère, j'ai tant crié son prénom dans les champs, il y avait même un puits que j'avais appelé comme lui pour pouvoir lui parler, et au moment où j'aurais pu le revoir, je me suis dérobé comme un lâche.

Je ne pouvais plus dire ce mot, maman, parce que je ne pouvais pas, ça me restait à la gorge, je ne voulais pas pleurer comme un con rien qu'à dire ça, maman, maman. Et je me disais que je ne me vengerais jamais, que je ne lui en voudrais jamais, et que, s'il avait fallu se sacrifier pour qu'elle échappe à la mort, je l'aurais fait tout de suite et les yeux fermés. Ça ne me vaut rien de parler avec toi, je vais me transformer en Madeleine !

— La mienne, je ne sais pas si c'est mieux, comme je ne l'ai pas connue, parfois je l'imaginais, elle était belle comme une Vierge sur les images et elle me disait des trucs tout gentils à l'oreille comme jamais je n'en avais entendu. Je ne voulais pas trop y penser, en fait. J'ai vraiment réalisé ce que j'ai vécu un jour où je portais dans mes bras mon fils aîné, à la campagne, il devait avoir deux ans, et tout à coup deux chiens de chasse dans une cage se sont mis à aboyer violemment, puis à hurler, et lui, pris de peur, s'est blotti contre mon épaule, et là je me suis dit que ça pouvait avoir un sens et que c'était une vraie destinée, être abandonné, avoir été abandonné, et je me suis demandé s'il n'y avait pas quelque chose que l'on ne pouvait jamais réparer, même en déployant toute sa bonne volonté et tous les efforts possibles. Après, chaque fois que je le prenais dans mes bras, j'y pensais.

J'aurais voulu prendre du temps, plus de temps, avec mes enfants. Quelque chose encore qui m'est passé à côté. Leur mère les a emmenés un jour et, au lieu de réagir, je me suis habitué à vivre sans eux, avec parfois de grands moments où je me serais flingué rien qu'à penser à eux. Et, quand je les reprenais, l'envie de les chasser, de ne pas être trop proche d'eux comme pour me faire mal, comme pour n'avoir rien à aimer ni regretter… Ce que j'ai pu être con, par moments… Je suis vraiment passé à côté de tout…

— C'est ce que je me dis souvent, aussi… Tu vas l'appeler, toi, Célimène ?

— Je ne sais pas… Et toi, tu en as envie ?

— Je ne sais pas… Je ne suis pas sûr de vouloir vraiment savoir ce qu'elle est devenue…

On s'est tus. Le chien dormait en ronflant un peu. J'étais épuisé. Jc n'en pouvais plus de ces petites routes aux tournants interminables. Sammy s'est remis à jouer de l'harmonica. Quand on est arrivés à Tulle, je chantais à tue-tête pour rester éveillé, eh oh vieux Joe, avec Sammy qui m'accompagnait et le chien qui imperturbable continuait, dans ce brouhaha, à dormir et ronfler tranquillement.

14

Je n'arrive pas à trouver le sommeil, je pense à Hélène, j'aimerais me serrer contre elle, dans ses odeurs de chair, dans ses cheveux, et qu'on s'endorme dans les bras l'un de l'autre. Je pense à Magali, toute seule parmi ses animaux empaillés et je me demande comment j'ai pu avoir le désir, tout à l'heure, de rester avec elle dans la maison de là-haut, coupée du temps et de tout. Je pense à Célimène, je me demande à quoi elle peut ressembler aujourd'hui, est-ce que je la reconnaîtrais si je la rencontrais aujourd'hui dans la rue ? Je pense à Jessica, les images de son corps abandonné dans le plaisir : un personnage de tragédie, la boiteuse qui s'étourdit de plaisir, se suicide à petit feu dans des orgasmes répétés, se perd complètement à elle-même. Elle a le courage d'aller au-delà, avec une détermination un peu effrayante mais impressionnante. Tout le contraire de Joce, qui a l'air d'être une éternelle victime. Et Hélène ? Hélène, c'est encore autre chose… Je me sens un peu coupable de penser à Jessica. J'essaye de lutter, de diriger ailleurs ma pensée. J'ai envie d'elle. Je me tourne et me retourne dans ce lit d'hôtel. J'essaye même de regarder la télé, encore plus déprimante que d'habitude. Rien à faire…

En fermant les yeux, je revois la vipère sur la route, la vipère sortie d'entre les rochers.

Cela me rappelle vaguement une histoire d'homme qui avait vu deux serpents faire l'amour et en était resté aveugle. Au foyer, certains grands obligeaient les plus petits à subir leurs volontés. Je m'étais battu un jour à cause de ça. Les premiers jours après mon arrivée, je ne comprenais pas ce que c'était que le cabot, un mot qui revenait. Si un me touchait, j'étais prêt à lui démolir la gueule, et je ne pouvais pas supporter que l'on oblige ces gamins qui arrivaient à connaître la loi des plus grands...

En prison, on n'en parlait pas trop de tout ça, en sachant bien tout ce qui se passait.

Un jour j'en avais surpris deux accouplés. Des coups réguliers, comme les deux corps qui ne bougeaient presque plus l'un sur l'autre. J'avais pensé, je ne sais pas pourquoi, à des serpents qui se mordent et meurent ensemble, figés l'un sur l'autre.

Celui qui était dessous avait un drôle de râle, je ne savais pas si c'était de joie ou de douleur.

J'étais parti sans rien dire à personne, mal à l'aise.

Dans l'acte sexuel, il y a comme une sauvagerie qui nous jette l'un contre l'autre, l'un sur l'autre, et ne nous apaise jamais de ce que nous désirons vraiment. Quelque chose qui n'a rien à voir avec l'amour ou alors c'est ce que nous pensons être l'amour qui est une illusion, et la seule réalité de l'amour, elle est dans ces corps qui se cherchent, se frôlent et se saisissent, retombent un instant dans l'apaisement, tentent encore de s'agripper, de se prendre encore une fois comme si c'était la dernière. Je n'arrive pas à faire le lien entre ça et le sentiment d'amour, de tendresse que je peux éprouver pour quelqu'un. Je n'ai jamais pu. J'aurais aimé pourtant.

Je me décide à appeler Hélène. Je la réveille, mais elle est contente, je crois, de m'entendre. Tu ne dors pas, constate-t-elle, tu aurais dû m'appeler plus tôt. C'est vrai, mais je suis rentré tard, j'ai eu peur de te réveiller, tu me manques, tu sais. Vous êtes allés là-bas dans ce village ? Oui, j'aurais aimé que tu sois avec nous là-bas, je n'y ai pas que des bons souvenirs, mais j'aurais aimé te montrer tous ces endroits, Sammy était complètement transformé, il avait presque l'air heureux.

— Toi aussi, tu as l'air bien, je ne t'ai jamais senti aussi bien depuis longtemps, ça te réussit vraiment de t'éloigner de moi.

— C'est idiot ce que tu racontes.

— C'est vrai que je me sens un peu jalouse, beaucoup jalouse même, alors je deviens injuste. Quand est-ce que tu reviens ?

— Dans peu de temps, il faut que je voie avec l'hôpital comment on peut s'arranger pour que Sammy sorte, non, je ne sais pas ce qu'il faut faire pour lui, il faut qu'il sorte de cet hôpital, mais pour aller où ? J'ai pensé qu'il pourrait venir passer quelque temps chez nous.

Elle ne répond pas, tu as entendu ce que j'ai dit ?

— Oui, j'ai entendu, fais comme tu penses être le mieux.

— Ne me dis pas ça, il n'y a rien de pire, j'ai envie que tu me dises, toi, ce que tu en penses.

— C'est vrai que je ne me sens pas de me retrouver avec toi et lui, j'ai l'impression depuis quelque temps d'être de trop, que c'est une histoire importante entre vous deux, et que moi, je n'ai pas de place là-dedans.

— Je trouve que tu exagères, là, je propose juste que Sammy vienne quelque temps se requinquer chez nous, qu'il essaie de trouver du boulot ailleurs que dans cette région où il a tellement d'antécédents… Je ne te propose quand même pas un ménage à trois parce que je voudrais aider Sammy à se sortir de tout ça, après il voudrait aller à la Réunion, il n'y est jamais retourné, tu te rends compte ?

— Excuse-moi, je te sens loin et ce n'est pas seulement parce que des centaines de kilomètres nous séparent, non, pas seulement, j'ai l'impression que tu retrouves, que tu rentres dans un monde où je n'ai pas beaucoup de place et où j'en aurai de moins en moins.

— Ecoute, je t'ai expliqué pourquoi j'avais besoin de venir ici, de reprendre contact avec ces gens.

— Je me sens toute seule, paumée vraiment dans ce village de vacances presque désert, tu me manques, alors je réagis bêtement... Le docteur dit que je me suis identifiée à ta mère et que je veux rattraper tout ce qu'elle ne t'a pas donné, alors bien sûr je n'y arrive pas, je fais des efforts, je fais tout ce que je peux, mais il y a toujours un moment où je me rends compte que je ne pourrai jamais combler tout ça, alors ça me fait mal...

— Il n'a rien trouvé de plus original, le psy ? Pour Sammy, je comprends ce que tu ressens, c'est une histoire forte entre nous, d'autant plus forte qu'il y avait tout ce temps passé où on s'était perdus de vue, je n'ai pas eu beaucoup d'enfance, c'est ma seule enfance, lui et Célimène, aujourd'hui, on a vu Magali sa sœur...

— Ah bon ! Tu ne m'en avais jamais parlé, elle est comment, Magali ?

— Un peu seule, perdue dans ce village où elle est restée toute sa vie, elle a eu une fille qui est étudiante maintenant, elle s'est séparée de son mari, il était taxidermiste...

— C'est quoi ça, taxidermiste ?

— Il empaillait les animaux, tu vois, enfin, c'est plus compliqué, mais bon...

— Tu étais amoureux d'elle quand tu étais petit ?

— Non, pas amoureux d'elle, plutôt de Célimène... Les deux sœurs étaient différentes des autres, déjà elles nous parlaient, elles étaient mal vues dans le village, leur père était un prof qui faisait de l'enseignement par correspondance, parce qu'il ne supportait pas l'Education nationale... Ils habitaient dans une grande maison à peine chauffée, lui passait ses journées à lire et ses soirées à picoler, c'est ça qui a dû nous rapprocher, on était les pas bien cuits du village, nous les gamins de l'Assistance et elles, nées d'un père un peu fou et d'une mère qui avait pris le large un jour et ne donnait pas beaucoup de ses nouvelles.

— Tu vois, vous vous êtes retrouvés avec cette femme, il ne manque plus que l'autre, comment elle s'appelle déjà, Célimène, Célimène, c'est bizarre comme prénom, ça vient d'où ? Tu me l'as déjà dit, mais je me souviens plus...

— Ça vient de Molière, d'une pièce de Molière qui s'appelle *Le Misanthrope*, une idée de son père.

— Oui, bon, en tout cas, c'est comme si vous aviez reconstitué quelque chose, par moments, j'ai peur que tu ne rentres plus, que tu ne reviennes plus, que vous restiez ensemble, vous vous êtes retrouvés, et moi là-dedans, je ne sais si j'ai ma place là-dedans.

Elle a commencé à pleurer.

— Ne pleure pas ; je vais rentrer bientôt, dans deux ou trois jours, il faut que je voie le pyschiatre de Sammy, c'est vrai que cela aurait été bien qu'il vienne quelque temps chez nous, je suis sûr que tu l'apprécieras, il est un peu particulier, mais, comme on dit, il gagne à être connu. Allez, dors, il faut que tu dormes, je pense à toi, tu sais, je pense fort à toi, je tiens à toi, tu le sais, je te rappelle demain matin, je te dirai quand j'arrive.

Elle s'est mise à rire, je suis un peu bête, tu sais, moi, j'ai tellement peur de tout ce qui pourrait nous détruire, on est tous les deux un peu fragiles, si tu ne revenais pas, je ne sais pas ce que je deviendrais.

— Ne t'inquiète pas, on sera bientôt tout près l'un de l'autre. Passe une bonne nuit. Je suis sûr que, demain, tu verras les choses autrement.

— Tu m'aimes quand même un peu ?

— Oui, bien sûr, je t'aime, on n'a pas besoin de se le dire.

— Moi, j'ai besoin que tu me le répètes.

— Allez, ferme tes petits yeux, sèche tes larmes, tu vas pas pleurer comme ça, tu es une vraie gamine, tu le sais que je t'aime. Allez, je te le dis encore une fois, je t'aime, deux même, allez, je t'aime, je t'aime et je t'embrasse très fort.

Elle pleurait à petits sanglots, je me sens atroce, j'ai l'impression de ne pas te permettre cette amitié et je sais pourtant que ça compte tant pour toi.

— Je te rappelle demain, ne pleure plus, ne t'inquiète pas, tout va bien. De toute façon, en pleine nuit, au téléphone, c'est stupide cette conversation, il faut qu'on reparle de tout ça à tête reposée.

Je lui ai dit deux ou trois mots tendres, j'ai raccroché. Je n'avais pas du tout envie de dormir, je me suis levé, j'ai commencé à manger toutes les cacahuètes et barres chocolatées du minibar de ma chambre, j'étais écœuré, la journée qui me revenait, ce qu'il y avait de terrible, c'est qu'elle avait pressenti quelque chose de vrai, j'avais de moins en moins envie de retourner en Bretagne, de recommencer à vivre là-bas au relais. Il fallait que, tous les deux, on s'en aille. Je me suis demandé si c'était de l'amour vraiment qu'on éprouvait l'un pour l'autre, ou si l'on n'était pas une planche de salut à laquelle on pouvait se raccrocher l'un et l'autre. Pour commencer à vieillir en n'étant pas tout seul à attendre la mort. Ce n'était pas très gai ni exaltant. Peut-être que l'amour pouvait aussi ressembler à ça… Il y avait eu une période où tous les deux dans la nuit on se laissait aller à parler, à dire tout ce qui passait par la tête, les choses les plus bêtes et c'était bon. Tout cela me paraissait loin, je lui en voulais un peu de ses réactions, tout en la comprenant bien, trop bien peut-être, on n'échapperait donc jamais à tous ces petits côtés du couple, ces jalousies, ces frustrations. Oui, c'était humain. Mais, avec elle, j'avais eu l'espoir qu'on ne tomberait jamais là-dedans, qu'on serait un peu au-dessus de tout ça. Je n'avais pas envie de lui faire du mal mais, pour ce qui était de Sammy, j'aurais aimé qu'elle ait un peu plus de générosité.

Je n'étais pas, non plus, très brillant : si j'avais été honnête, je lui aurais parlé de Jessica. Peut-être que, lorsqu'on sera l'un près de l'autre, je le ferai. Là, au téléphone, je sais que ça la ferait souffrir, et puis je n'arriverais pas à lui expliquer comment ça s'est passé, le contexte et tout ça. Je me remets à penser à Jessica, je m'endors avec des images d'elle, ouverte à tous ces hommes, prenant méthodiquement leurs sexes dans sa bouche, vérifiant de la main les préservatifs de ceux qui la pénètrent. J'ai violemment le désir de la retrouver, d'être près d'elle, d'être en elle.

J'ai fini par m'endormir. Me suis réveillé, brusquement. Dans un rêve, cailloux à la main, Sammy et moi, nous cassions les vitres avant de nous enfuir de la ferme. Le ciel était de ce bleu qui dure si peu et que l'on appelle bleu nuit. Nous étions des enfants dans nos corps lourds d'adultes et Roméo nous suivait, en aboyant furieusement. Un grand feu brûlait dans la neige. C'était dans une forêt qui faisait penser au terrain de jeu du foyer de l'enfance, une forêt d'immenses arbres noués, de grosses racines proliférantes où nous nous perdions en nous enfonçant dans la terre. Au lointain, les aboiements des chiens, des cris où je distinguais mon nom et ce bruit incessant de la gamelle sur laquelle on tape, juste le temps d'aller se cacher. Jessica était avec nous dans ce trou, elle était nue, son corps blanc couvert de terre, elle nous serrait contre elle, ouvrait ses cuisses au-dessus de nos visages, frôlait nos corps et nos visages de ses seins. Nous nous enfoncions un peu plus dans la terre, dans la boue, sans arriver à nous toucher vraiment. Je me disais qu'il aurait été mieux que l'on me passe à l'éther comme les petits chats à la naissance, et ma main se fermait sur de la terre, comme si elle ne pouvait plus rien serrer d'autre.

15

Je suis passé le lendemain à l'hôpital.

Le téléphone avait sonné dans la chambre de l'hôtel. C'était Hélène. Elle pleurait encore, à l'autre bout du fil.

— Je vais rentrer, on se parlera en se regardant dans les yeux, ce téléphone, ça me rend fou, on a l'impression que ça augmente tous les malentendus, je vais rentrer, il faut que je voie ce que je peux faire pour Sammy, là, je vais à l'hôpital, arrête de pleurer, c'est idiot…

— Qu'il vienne avec toi si tu veux qu'il vienne, puisqu'il compte tant pour toi.

— Je ne supporte plus que tu dises des trucs pareils, d'ailleurs je n'ai pas envie que tu acceptes qu'il vienne chez nous uniquement pour me faire plaisir.

— On dirait qu'on ne peut plus vous détacher l'un de l'autre.

— Oui, c'est vrai, il y a des oiseaux comme ça, les inséparables.

— Nous, ça ne compte plus, nous ? On dirait que ça ne t'intéresse plus, ce qui nous arrive, ce qui peut nous arriver…

— Ne dis pas de bêtises… je vais voir Sammy à l'hôpital, je t'appelle après…

Le docteur Perrin m'a arrêté dans le couloir. Ça s'est bien passé, on dirait, faites attention à ce que vous faites, si ça se casse la gueule, je crains les dégâts. Je sais bien, docteur, mais je ne sais pas quoi faire, je voudrais l'aider. Vous connaissez le proverbe, aide-toi et le ciel t'aidera, ne vous sentez pas investi d'une mission, il y a des fêlures en lui et vous n'y pourrez jamais rien, même avec la meilleure volonté du monde, il faut que vous en soyez conscient…

— J'aimerais qu'il puisse venir dans un premier temps avec moi, là-bas en Bretagne, et puis essayer de l'aider à trouver du travail. Et il faudrait bien qu'il se décide à y aller, un jour, à la Réunion. Le médecin n'a rien dit, il m'a regardé. Vous vivez seul ? Non, j'ai une amie, on a des projets, on a eu aussi pas mal de problèmes ces derniers temps. Et qu'est-ce qu'elle en pense, elle ? Je ne savais pas trop quoi lui répondre.

— Il y a peut-être quelque chose d'un peu magique, et de très fort, quand on renoue avec une relation qui a été aussi importante, mais n'oubliez pas que Sammy est profondément malade, et ne détruisez pas ce que vous semblez avoir tant de mal à construire. J'ai grogné quelque chose. Et je suis parti, en direction de la chambre de Sammy. Ce qu'il avait dit me mettait mal à l'aise. Je ne voulais pas penser qu'il puisse avoir raison.

A peine la porte de la chambre ouverte, le chien se précipitait vers moi et me faisait la fête. Sammy m'a souri et tendu la main.

— J'ai rêvé de toi cette nuit. J'ai pensé qu'on pourrait retourner là-bas aux Monédiers, ta femme pourrait nous rejoindre, on trouverait bien une vieille ferme, je suis sûr que Magali serait contente de nous aider, tous les deux, on chercherait du boulot, on pourrait travailler dans la forêt, on peut vivre de peu là-bas.

— Moi, je me suis dit que tu pourrais venir en Bretagne !

— Je crois que c'est un peu trop loin pour moi, mais c'est vrai que j'ai du mal à penser qu'on puisse reprendre chacun son chemin, le mien, d'ailleurs, tu vois un peu à quoi il ressemble…

— Il faut que tu te décides à sortir d'ici… C'est la première chose à faire.

— Tu ne vas pas me faire la morale, il y a assez de gens ici qui s'en chargent… Ce que tu donnes d'une main, ne l'arrache pas de l'autre…

Il s'est mis à rire. Je ne savais plus trop quoi lui dire…

— Je te souhaite d'arriver à faire ce que tu veux faire…

— Tu veux qu'on aille boire un café ?

— Si tu veux.

Flanqués de Roméo, on a traversé les couloirs, dans cette odeur-là d'institution que je connaissais bien, et la grande cour du parc. Deux hommes en bleu fournissaient un feu d'herbes et de branches. A la cafétéria, on est restés l'un à côté de l'autre. Un type en pyjama se roulait des cigarettes qu'il mettait dans une petite boîte. Je me demandais pourquoi on avait tant de difficulté à se dire quoi que ce soit. Il a souri. On a brûlé toutes nos cartouches. Ça m'a bien fait plaisir de te revoir… J'avais brusquement envie de lui dire tant de choses, et rien ne sortait de ma bouche. Il faut qu'on se revoie, j'ai tenté maladroitement. Il n'a pas répondu Tu ne crois pas ? j'ai insisté encore plus maladroitement. J'ai été content de te revoir, il a seulement dit. Je peux t'écrire, ici. Oui, si tu veux. Il m'a regardé d'une telle façon que j'ai eu l'impression d'être en train de m'enfoncer à coups de phrases toutes faites auxquelles moi-même je n'arrivais pas à croire. On est restés un long moment sans parler. Je me suis levé, je suis parti en lui faisant un petit signe de la main. J'avais l'impression que le reste aurait été de trop. Je me suis retourné, il ne me regardait pas, il était penché vers son chien et frottait sa tête contre la sienne en lui parlant doucement.

En sortant, j'ai vu, de loin, le médecin. Il a voulu venir vers moi, j'ai pressé le pas.

Dans ma chambre d'hôtel, je me suis allongé sur le lit et endormi. Je m'approchais d'une fille que je ne connaissais pas, je cherchais ses yeux, je cherchais son regard, je ne trouvais que son visage fermé. A la place du cœur, qu'as-tu donc à la place du cœur ? elle me demandait, je prenais insensiblement sa main, elle l'ouvrait et la refermait sur la mienne et, quand je voulais la retirer, elles étaient prises l'une dans l'autre, nous avions bonne mine, condamnés l'un et l'autre à ne pouvoir se défaire l'un de l'autre pour une simple histoire de mains. Après, je retrouvais Sammy dans le salon de Joce, il l'avait tuée et toutes les poupées avaient été jetées par terre, j'ai voulu effacer les traces, il m'expliquait, et au lieu de ça j'ai multiplié les indices. Je me suis réveillé, endormi à nouveau, j'avais le sentiment que j'étais gagné, envahi par les rêves et qu'ils me dictaient leur loi. Là, on s'était réfugiés tous les deux dans l'arbre de l'enfant poursuivi par la meute, et l'un tombait et je ne savais pas si c'était lui ou moi, les loups en bas restaient à côté du corps sans bouger, je descendais de l'arbre dans un silence de neige, tout s'était arrêté, et même le vent de souffler, je plongeais la main dans le cœur du cadavre, je l'arrachais et le dévorais, les loups restaient étrangement immobiles, avec un grognement sourd. Le sang chaud se répandait sur la neige et la faisait fondre. Le cadavre s'enfonçait dans la neige, en dessinant une forme parfaitement découpée qui faisait penser à ces repérages de scènes de crime, la forme du corps tracée à la craie. Une crevasse qui se creusait, où les loups tout à coup hurlants se jetaient comme dans un abîme.

Je restais là, tout seul, couvert de sang, dans la neige gelée qui faisait penser à un miroir. Et celui qui était là, cela pouvait être tout aussi bien lui que moi.

Hélène avait laissé un message à la réception de l'hôtel. Elle voulait que je la rappelle de toute urgence ; je ne l'ai pas fait.

La journée tirait à sa fin. Sur la place du marché, je suis resté un moment assis près des manèges de la fête foraine avec des parents qui regardaient tourner leurs enfants, dans des musiques poisseuses, lancinantes et lasses, des lumières stroboscopiques et des voix assourdissantes dans les micros. Sur les autos tamponneuses lancées les unes contre les autres, des amoureux se serraient, les yeux bien fermés pour ne pas voir ce qui arrive.

Jusqu'à ce que tout s'arrête et s'éteigne et que ce soit vraiment la nuit. La pluie a commencé à tomber sur les rues de Tulle. Une petite pluie fine.

Le désir d'écrire ce livre est né d'une rencontre avec Jacques Surcq et des conversations que nous avons eues à l'hôpital de Guéret.

Des livres et des témoignages m'ont accompagné dans l'écriture de ce livre.

Notamment : *Une enfance volée*, de Jean-Jacques Martial, Les Quatre Chemins ; *La Bête que j'ai été*, de Jean-Pierre Gosse, Alter Ego éditions, en collaboration avec Guillaume Clavaud, journaliste ; *La Déportation des Réunionnais de la Creuse*, d'Elise Lemai, L'Harmattan…

Remerciements à Karelle Prugnaud, Hervé Durif, Catherine Salèse et à la Compagnie du Désordre, organisatrice de la résidence à l'hôpital de Guéret ("Un mot pour un autre" au mois de juillet 2006).

OUVRAGE RÉALISÉ
PAR L'ATELIER GRAPHIQUE ACTES SUD
ACHEVÉ D'IMPRIMER
EN JUIN 2008
PAR L'IMPRIMERIE FLOCH
A MAYENNE
POUR LE COMPTE DES ÉDITIONS
ACTES SUD
LE MÉJAN
PLACE NINA-BERBEROVA
13200 ARLES

DÉPÔT LÉGAL
1re ÉDITION : JUIN 2008
N° impr. : 71455
(Imprimé en France)